KB099931

완벽한 인생

방태산 장편 소설

FUSION FANTASTIC STORY

PERFECT LIFE

완벽한 인생 4

방태산 장편 소설

초판 1쇄 찍은 날 § 2015년 1월 14일
초판 1쇄 펴낸 날 § 2015년 1월 21일

지은이 § 방태산
펴낸이 § 서경석

편집부장 § 권태완
편집책임 § 한준만

펴낸곳 § 도서출판 청어람
등록번호 § 제387-1999-000006호
등록일자 § 1999. 5. 31
어람번호 § 제1-2026호

주소 § 경기도 부천시 원미구 부일로 483번길 40 서경B/D 3F (우) 420-822
전화 § 032-656-4452 팩스 § 032-656-4453
http://www.chungeoram.com
E-mail § chungeorambook@daum.net

ISBN 979-11-04-90058-7 04810
ISBN 979-11-316-9203-5 (세트)

완벽한 인생 ④

방태산 장편 소설

FUSION FANTASTIC STORY

PERFECT LIFE

완벽한 인생

PERFECT LIFE

CONTENTS

1장

한다면 하는 거다

대한민국의 올림픽 육상 성적은 초라했다.

과거 일제강점기의 故손기정 선수가 일본 대표로 1936년 베를린 올림픽에 참가해 금메달을 획득한 것이 처음이다. 그러나 그건 어디까지나 일본의 메달이었고 대한민국의 메달은 단 두 개밖에 없었다.

1992년 바르셀로나, 황영조 마라톤 금메달.
1996년 애틀랜타, 이봉주 마라톤 은메달.

두 개의 메달이 전부인 상황에서 강산이 세운 100m 한국 신기록과 장대높이뛰기 아시아 신기록은 사람들의 관심을 받기에 충분했다.

안산 스타디움은 공인1종을 취득한 경기장이었다. 1종 경기장은 기록을 인정받기에 강산의 기록은 국제육상경기연맹에 기록 공인이 신청된 상황이었다.

대한육상경기연맹 사무국의 김주한 차장은 강산을 만나기 위해 대하 중공업 육상 실업팀에 들렀었다. 그런데 그곳에 강산은 없었다.

'복싱이라니.'

대하전자 복싱 실업팀 체육관으로 향하는 그의 얼굴은 그다지 밝지 못했다. 육상에 주력해도 모자랄 판국에 복싱을 하고 있다는 소리를 들었기 때문이다.

'아무래도 직접 관리를 해야겠어.'

9초의 벽을 뚫은 선수다. 괜히 다른 운동을 해서 나쁜 버릇이라도 들면 기록이 떨어질 수도 있다. 연맹 차원에서 관리를 해서라도 다음 올림픽에서는 메달을 따게 해야 했다.

체육관의 문을 연 김주한 차장은 갑자기 들려오는 소리에 놀라 멈춰야 했다.

빵! 빠방! 빵! 빵!

'뭔 소리가 이렇게 커?'

미트나 샌드백을 두드리는 소리였다. 그런데 그 소리가 마치 대포 쏘는 소리처럼 크게 들렸다.

곰처럼 커다란 덩치의 선수가 샌드백을 두드리고 있었다.

원투, 원투, 원투 스트레이트!

마지막 스트레이트에 커다란 샌드백이 허리를 접으며 비명을 질러댔다. 덩치에 어울리는 엄청난 파괴력이었다.

'역시 헤비급 메달리스트답네.'

최근 각종 국제 대회에서 메달을 따오는 네 명의 복서가 독천의 선수다. 종목은 달라도 그런 선수들을 김주한이 모를 리가 없었다.

그의 시선이 이번에는 링 위로 향했다. 링 위에서 들리는 소리는 슈퍼헤비급 최혁의 샌드백 치는 소리보다 더욱 요란했기 때문이다.

마치 융단폭격을 가하는 것처럼 정신없이 미트를 치는 복서가 보였다.

"허리 낮춰!"

미트 글러브를 끼고 상대하는 사람은 생각보다 젊어 보였다. 그는 능숙하게 미트를 대주며 코칭을 해주고 있었다.

"대단해⋯⋯."

대단하다는 말도 모자랄 지경이었다. 실제 경기를 방불케

하는 움직임을 보이는 복서도 그렇고, 그걸 여유롭게 받아내며 미흡한 점을 지적하는 남자도 기막힌 실력이었다.

"부럽다."

종목은 다를지라도 같은 체육계에 몸담은 사람으로서 저런 선수들을 데리고 있는 독천이 부러웠다. 육상에도 뛰어난 선수들이 있고 훌륭한 코칭스태프가 존재했지만 동양인의 신체적 특성 때문인지 몰라도 세계에서 통할 만한 선수는 찾기 힘들었다.

'그나저나 얼굴이 낯익은데.'

미트를 대주고 있는 남자를 멍하니 바라보던 김주한의 입이 떡 벌어졌다.

"강산!"

정상진은 한차례 서열 정리가 끝났음에도 강산을 인정하지 않았다. 굴러온 돌이 박힌 돌을 뽑아낸다는 피해 의식이 있었던 것이다.

더구나 강산은 웰터급. 자신보다 두 체급 위였다. 신고식 스파링 때에 진 것은 체급 때문이라고 생각했다.

"오늘부터 내가 직접 가르친다."

체육관에 나온 강산이 다짜고짜 던진 말에 우철만 빼고는 다들 어이없어 하는 얼굴이 되었다. 특히 정상진은 노골적으로 거부했다.

"야, 코치도 아니고 선배도 아닌 녀석이 뭐?"

같은 선수라도 선배가 후배를 가르치는 것은 자연스러운 일이다. 그러나 복싱을 시작한 시기나 경력을 따지자면 강산은 정상진의 선배가 아니었다.

강산은 개가 짖느냐는 표정으로 미트 글러브를 끼고 링 위로 올라갔다.

"오늘부터 코치하지, 뭐."

"뭐라고?"

"꼬우면 올라와서 쳐. 전력으로 하다보면 미트 트레이닝 중에 다칠 수도 있는 거니까."

'이 새끼 봐라?'

정상진의 입꼬리가 비틀려 올라갔다.

오냐, 네가 관을 봐야 눈물을 짜겠구나.

미트를 대주는 것도 아무나 하는 것이 아니다. 더구나 전력으로 휘두르는 펀치에 대주는 일은 더더욱 그렇다.

정상진은 이를 갈며 링 위로 올랐다.

"마우스피스는?"

"미트 치는데 무슨."

강산은 어깨를 으쓱이곤 자세를 잡고 시간을 알렸다.

"가볍게 3분 5라운드. 가능하지?"

"너나 쓰러지지 마."

땡!

공이 울리고 정상진의 펀치가 미트로 향했다. 아무리 혼내 줄 생각으로 올라왔어도 대놓고 팰 수는 없었다. 처음에는 정상적인 미트 트레이닝으로…….

"원투, 원투, 레프트, 라이트, 하아아암!"

미트를 대주던 강산이 늘어지게 하품을 했다. 그걸 본 정상진의 눈이 쭉 찢어졌다.

'이 새끼가!'

살살하면서 수위를 높이려던 생각이 하품 한 방에 날아갔다. 정상진이 이를 악물며 전력을 다하기 시작했다.

강산은 미트를 대주며 슬쩍 미소를 지었다.

중원에서 살 때에도 제자를 들인 적은 없었다. 번거롭고 귀찮은 일은 하고 싶지 않았고 누군가를 가르치는 일에도 관심이 없었기 때문이었다.

하지만 이번 삶에서는 친구들과 엮이면서 가르치는 재미에 조금은 눈을 떴다.

더구나 이서경의 말도 일리는 있었다. 하고 싶은 일을 하면서 명예와 부를 얻는 것도 좋지만 그 과정이 심심하다면 자신이 얼마나 지속할 수 있을지 의문이었다.

자고로 경쟁이 있어야 즐거운 법. 독천의 선수들을 경쟁자로 볼 수는 없었지만 나름대로 가르치면서 성장하는 그들의 모습을 보고자 감독과 상의―일방적인 통보였지만―하고 직접 코치하기로 했다.

그리고 그 첫 번째 타깃은 정상진이었다.

네 명의 선수 중에 가장 기복이 심한 선수가 그였다. 신경질적인 성격 탓이었다.

조금만 마음에 들지 않아도 감정적으로 움직였기에 뛰어난 실력에도 어이없는 패배를 당한 경우가 많았다. 그래서 다른 선수들과 달리 메달을 따지 못할 때도 꽤 많았던 선수였다.

지금도 마찬가지다. 열이 받은 정상진은 공격에 치중해 방어는 신경도 쓰지 않았다.

성질 더럽고 급한 녀석들 많이 봐왔다. 정파에서는 차분하게 달래고 마음을 보듬어 스스로를 돌아보게 만든다. 그러나 자신은 어디까지나 마도의 인물이다.

'일단은 힘부터 빼놓고.'

펀치가 미트를 치는 게 아니다. 미트가 펀치에 맞아준다는 표현이 적절했다.

경쾌한 소리가 연신 터지고 그럴수록 복서는 신이 나게 마련이다. 강산은 정확하게 펀치의 타점에 미트를 대주었다. 그 느낌은 쳐 본 사람만 안다. 지금의 정상진처럼.

'신 났군.'

성질도 성질이지만 천생 복서다. 뛰어난 타격감에 마음이 붕 떠 체력 안배고 뭐고 펀치를 날리느라 정신이 없다.

땡!

1라운드가 끝나고 휴식 시간. 코너 의자에 앉은 정상진은 자신의 글러브를 응시했다.

'달라.'

임팩트가 달랐다. 정확하게 펀치가 꽂히는 느낌이 생생했다. 그래서 자신도 모르게 집중하고 말았다.

하지만 그걸 온전히 강산의 실력으로 돌리지는 못했다. 이성은 강산이 미트를 잘 대줘서라고 말하지만 감정은 자신이 뛰어나서라고 말했다.

'아니야!'

알지만 인정할 수 없는 이율배반적인 마음이 2라운드의 공 소리에 폭발했다.

"으아아아!"

정상진의 느닷없는 기합성에 모두의 시선이 링 위로 향했다. 정신없이 펀치를 휘두르는 그를 보며 체육관이 술렁였다.

빵! 빠방! 빵빵! 빠앙!

누가 보아도 위험한 상황이다. 흥분한 정상진의 눈에는 강산밖에 보이지 않는 듯싶었다.

그럼에도 불구하고 강산은 여유롭게 미트를 대주었다.

'생각보다 일찍 지치겠네.'

입에서 단내가 나도록, 서 있을 힘조차 없을 때까지 체력을 빼줄 생각이다. 한계에 부딪히게 하고 정신을 쏙 빼놓을 것이다.

2분여가 흐르고 정상진이 갑자기 뒤로 물러났다. 그의 입에서는 거친 숨소리가 끊임없이 흘러나왔다.

'빌어먹을.'

얼마나 미친 듯이 펀치를 날렸는지 심장이 터질 것처럼 뛰었다. 전신은 땀에 흠뻑 젖어 물에서 갓 빠져나온 생쥐 꼴이었다.

그런데도 한 번도 미트를 벗어나지 못했다. 일부러 맞추려고 해도 기가 막히게 미트가 가로막았다. 마치 미트의 그물에 갇힌 기분이었다.

"뭐 해?"

강산이 미트를 까닥거렸다. 울컥, 화가 다시 치밀어 오른다. 이를 악물고 다시 달려들었다.

땡!

2라운드가 끝나는 공 소리조차 듣지 못한 정상진의 펀치가 쇄도했다.

퍽!

하지만 강산의 미트가 먼저 정상진의 얼굴을 쳐 냈다.

쿵, 갑작스런 미트 펀치에 쓰러진 정상진은 발작적으로 몸을 일으키려 했지만 팔다리에 힘이 들어가지 않았다.

"공 쳤다."

강산은 한마디만 던지고 코너로 돌아가 다리를 꼬고 의자에 앉았다. 그걸 본 정상진은 눈을 희번덕였다.

"시팔……."

단지 2라운드가 끝났을 뿐인데 너무 지쳤다. 자존심이고 나발이고 그만할까?

"이제 2라운드 끝났는데 벌써 지쳤어? 쯧쯧."

강산은 정상진의 기색이 이상하자 자존심을 건드렸다. 여기서 포기하면 그의 계획에 차질이 생기기 때문이다.

아니나 다를까? 정상진이 이를 악물고 코너로 돌아갔다.

3라운드가 시작됐다.

정상진이 다시 사력을 다해 공격을 했다. 강산은 아까와 마찬가지로 여유롭게 미트를 대주었다. 그리고 그때쯤, 대한육상경기연맹의 김주한이 체육관에 들어왔다.

"강산!"

훈련을 하던 선수들이 일제히 출입구를 바라보았다. 김주한의 목소리는 그만큼 커다랗다.

"누구시죠?"

웨이트 트레이닝을 하던 곽명호가 다가와 묻는 말에도 흥분한 김주한은 아랑곳하지 않고 링으로 다가갔다.

강산은 다가오는 김주한을 힐끗 쳐다보고는 인상을 찌푸렸다. 아무래도 이쯤에서 끝내야 할 듯싶었다.

중원에서라면 무림맹주가 와도 할 일은 하는 그였지만 하우스펍에서 손님을 맞이하던 버릇 덕택에 그를 무시할 수가 없었다.

정상진의 스트레이트가 날아왔다. 강산은 이번에는 미트를 대지 않고 옆으로 슬쩍 피했다. 헛손질을 한 정상진이 크게 휘청이며 아슬아슬하게 중심을 잡는데, 강산이 그의 뒤통수를 미트로 툭 쳤다.

쿵!

정상진은 그대로 앞으로 엎어졌다.

"이!"

신경질적으로 몸을 돌려 일어나려던 정상진의 코앞에 강산의 얼굴이 들이밀어졌다.

"야."

나직한 강산의 음성에 정상진의 몸이 굳었다.

"손님 때문에 이쯤에서 끝낸다. 겨우 3라운드에 다리가 풀리다니. 한심하군."

강산은 철저하게 정상진의 자존심을 건드릴 작정이었다.

그리고 압도적인 차이를 보여주어 힘으로 굴복시키려 했었다.

앞으로 독천만이 아니라 육상 실업 팀 선수들의 기량도 직접 끌어올려 줄 마음을 먹은 강산이다. 다른 사람도 아니고 이서경이 만든 팀들이기에 나름대로 배려를 해주려는 것이다.

그러나 그 속에서 버티는 녀석들만 해줄 생각이다. 자존심 상한다고, 열 받는다고 그만둘 녀석은 일찌감치 쳐 낼 것이다.

정상진의 경우가 그랬다. 중원에서도 성격 급한 녀석들의 끝은 좋지 않았다. 그 성격을 고치기 위해서는 제대로 밟아주고 다져 줘야 한다.

그걸 이겨내고 열심히 하면 색다른 세상을 보여줄 생각도 있었다.

정상진의 눈초리가 마음에 안 들어서 다잡으려던 마음도 조금은 있었지만 말이다.

강산은 이를 악물고 있는 정상진을 두고 몸을 일으켰다. 링의 아래로 내려가자 얼굴을 벌겋게 물들이고 있는 40대의 남자가 보였다.

"누구시죠?"

"강산 선수 맞습니까?"

"네, 그런데요."

"전 대한육상경기연맹 사무국 김주한 차장입니다. 강산 선수와 할 이야기가 있어서 왔는데 지금 대체 뭐 하는 겁니까?"

"뭐 하긴요. 훈련 중이죠."

"훈련이요? 이게 무슨 훈련입니까? 대한민국 육상 역사상 엄청난 기록을 달성한 사람이 쓸데없이 복싱이라니요? 그러다 다치면 어쩌려고 그럽니까?"

"하면 어때서요?"

"뭐라고요?"

"오신 김에 말씀드리죠. 올림픽 출전 종목은 복싱과 육상입니다. 일정이 허락하면 다른 종목도 더 나갈 예정이니 그렇게 알고 계시죠."

김주한은 그의 말에 입을 떡 벌렸다.

한 종목의 세부 종목을 휩쓰는 선수는 분명 있었다. 수영이나 사격, 양궁에서는 세부 종목에서 다관왕이 나오는 실정이었다.

하지만 그건 어디까지나 같은 종목에서다.

"그게 무슨 말도 안 되는 소리입니까! 그러지 말고 연맹에서 전폭적인 지원을 해줄 테니 육상에만 신경 쓰십시오. 아시겠습니까?"

나름대로 선수를 생각하는 마음은 알겠다. 그러나 김주한의 태도는 너무 고압적이었고 말하는 상대가 다른 사람도 아닌 바로 강산이었다.

"싫습니다."

강산은 간단하게 말하고 몸을 돌렸다.

"이봐요, 강산 씨, 강산 선수!"

손님은 손님인데, 쓸데없는 손님이었다. 강산은 괜히 정상진 길들이기를 멈췄다는 생각에 김주한이 부르거나 말거나 탈의실로 향했다.

*　　　*　　　*

강산이 처음부터 자신의 의지대로 산 것은 아니었다. 천마신교로 끌려가 무공을 배우게 된 것은 순전히 타의에 의한 것이었다.

중원에 전란의 소용돌이가 휘몰아치고 엎친 데 덮친 격으로 흉년까지 들자 부모를 잃는 아이들이 속출했다. 부모가 있어도 아이들을 건사하지 못하는 집안이 수두룩했다.

천마신교는 그런 아이들을 대대적으로 거뒀다. 부모가 있는 아이들은 부모의 의향을 물어 충분한 사례를 주고 데려왔고, 없는 아이들은 따뜻한 밥과 무공까지 배울 수 있다는 말에 따라왔다.

강산은 그중에서도 부모에 의해 팔린 아이였다.

처음에는 부모를 원망하기도 했다. 하지만 원망하는 마음조차도 고된 무공 수련에 점차 희석되어 갔다.

친구는 없었다. 강해지지 않으면 도태되었다. 주변 모두가 경쟁자였고 상명하복이 뚜렷한 세계에서 아랫것의 목숨은 파리만도 못했다.

그곳에서 강산은 이를 악물고 견뎌냈다. 앞으로 다가올, 누구에게도 억압받지 않을 자유를 쥐는 그날을 위해 참고 인내하며 칼을 갈았다.

그리고 천마의 비전을 잇던 그해, 강산은 교주의 목을 베고 당당하게 천마신교를 나왔다.

'그립네.'

부쩍 그런 생각이 든다. 그냥 눈앞에 있는 저 인간 목을 뎅겅 베어버리고 집에 갈까 싶다.

"안 됩니다. 한 가지만 해도 리스크가 큰 상황입니다. 복싱도 모자라 역도까지 한다니요? 이서경 이사님, 이러시면 정말 곤란합니다. 차라리 수영 같은 거면 몰라도요."

강산은 복싱과 육상만이 아니라 역도까지 하기로 했다. 개인 기록으로 경쟁하는 종목이기에 선수로 등록한 것이다.

육상경기연맹의 김주한은 그 사실을 확인하고 화이트 프로모션으로 득달같이 찾아와서 따지는 중이었다.

이서경이 답하기 전에 강산이 먼저 말했다.

"수영도 하죠."

이참에 수공(水功)도 하면 된다.

강산이 알고 있는 무공 중에는 물속에서 펼칠 수 있는 수공도 있었다. 단지 그 쓰임새가 별로 없어서 익히지 않았을 뿐이다.

김주한의 얼굴이 멍청하게 변했다.

"뭐라고요?"

"복싱, 육상, 역도, 수영… 또 뭐 있죠? 개인 참가가 가능한 종목은 전부 하죠. 유도랑 태권도 단증도 딸까요?"

얼마나 뭘 하든 상관은 없다. 복싱은 원래 잘한다고 소문이 났으니 괜찮았고 육상이나 역도도 타고난 육체적 우월함을 증명하면 될 일이었다.

그걸 위해서 정밀 검사까지 받고 내밀었는데, 김주한이란 작자는 그래도 안 된다고 입에 거품을 무는 중이었다.

"강산 씨. 아직 젊어서 패기가 넘치는 건 좋아요. 하지만 강산 씨만큼 뛰어난 신체 조건을 가진 선수도 한 우물만 파고 있습니다. 두 마리 토끼를 잡으려다간 두 마리 다 놓쳐요."

두 마리가 아니라 열 마리 토끼라도 십절탄지공 하나만 쓰면 잡는 사람이 강산이다. 겨우 토끼 잡는 일에 쓸 만한 무공은 아니지만.

어쨌거나 이 사람, 잘못 알고 있는 게 있다.

"저만큼 뛰어난 신체 조건이라… 검사지 보셨습니까?"

"이거요? 볼 필요도 없죠. 어차피 기록이 말해주지 않습니까?"

강산은 친절하게 검사기록지를 김주한의 앞에 똑바로 놓아주었다.

"보시죠."

김주한은 마지못해 검사기록지를 봤다. 종이를 넘길수록 그의 눈이 커져갔다.

"이건……."

전문적인 용어도 많았지만 대개는 알아볼 수 있는 내용이었다. 그런데 그 내용이 단순하게 뛰어나다 할 정도가 아니었다. 심폐지구력, 근밀도, 근지구력, 근섬유 등등에 대한 모든 검사 항목에서 말도 안 되는 수치가 적혀 있었다.

김주한은 강산을 다시 한 번 자세히 살폈다. 키도 적당하고 몸집도 적당하다. 누가 봐도 그저 균형 잡힌 몸을 가진 남자였다.

그 외에는 딱히 대단하게 보이는 점은 없었다. 그렇기에 검사 기록이 믿어지지 않았다.

"서경 씨."

강산이 부르자 이서경이 자리에서 일어났다.

"괜찮으시면 직접 확인시켜 드리겠습니다."

선수가 훈련하는 것은 조금이라도 뛰어난 기록을 내기 위해서다.

하지만 강산은 반대다. 100m를 눈 깜빡할 새에 주파해 버리면 안 되니까 평범한(?) 선수가 낸 기록에 맞춰야만 했다.

그 훈련을 하는 곳이 화이트 프로모션 전용 실내 체육관이다. 이서경은 사람들을 그곳으로 데려갔다.

"체육관에는 왜 온 겁니까?"

"직접 보여드리죠."

"뭘요?"

"100m 뛰고 바로 장대높이뛰기, 그 다음에 곧바로 인상 160, 용상 195를 들겠습니다."

"네?"

"100m 9초 대, 장대높이뛰기는 지난 번 대회에서 새운 기록으로, 역도는 합계 355로 69kg급 한국신기록이 되겠네요."

지금 보여주는 기록은 비공인이지만, 일단 김주한의 입을 다물게 하기 위해서는 한 번에 보여주는 것이 나았다.

일종의 쇼다. 남을 보여주기 위해 무공을 펼치는 것을 싫어

하는 강산이었으나, 지금의 상황은 어쩔 수가 없었다. 이렇게 라도 해서 입을 다물게 할 수밖에.

"말도 안 되는 일입니다. 그런 무식한 짓을……."

강산의 이마가 일그러졌다. 싫은 걸 일부러 준비했는데 무식하다는 소리를 들어야 한다니, 정말 왜 이런 짓까지 해야 하나 싶다.

"그냥 보시죠. 장비는 국제공인 규격이니까 믿을 수 있으실 겁니다. 확인하시겠어요?"

"아닙니다. 알겠습니다. 대신 지금 일에 대한 책임은 저에게 없는 겁니다?"

지금의 테스트로 인해 사고가 나는 것은 전적으로 이쪽 책임이란 거다. 이게 다 그가 와서 할 수 없이 보여주는 건데, 꽤나 짜증나게 하는 작자였다.

"각서라도 써 드릴까요?"

"아뇨, 괜찮습니다."

강산은 스타팅블록에 발을 걸고 자세를 잡았다. 그리고 신호와 동시에 블록을 박차고 달렸다.

100m가 끝나고 곧장 장대를 집어 들었다. 그리고 또다시 달려 폴을 뛰어 넘었다.

마지막으로 인상 160kg을 번쩍 치켜들었고 용상 200kg도 가슴에 살짝 걸친 다음 곧바로 일어나 머리 위로 올렸다.

100m 9초 57. 세계 신기록.

장대높이뛰기 5.95m 아시아 타이 신기록.

역도 합계 355㎏ 한국 신기록.

말도 안 되는 일이 눈앞에서 벌어졌다. 쉬지 않고 곧바로 움직여서 이런 기록들을 내다니?

"수영도 할까?"

김주한은 그 말을 남기고 체육관을 떠나는 강산을 차마 붙잡을 수 없었다.

이것으로 됐겠지, 라고 생각했다. 하지만 강산은 이 날 이후로 몇 차례 더 이놈의 쇼를 해야 했다.

그 효과는 확실했다. 기록은 속일 수 없는 것이기에 사람들은 그를 인정해야만 했다.

그리고 대한민국 올림픽 참가 역사상 최초로 육상, 복싱, 역도, 수영의 4개 종목에 한 선수가 출전하게 되었다.

＊　　　＊　　　＊

"안녕하십니까, 대한민국 국민 여러분. 브라질 올림픽 리우데자네이루 메인 스타디움에 나와 있는 캐스터 손상정."

"해설 박재환입니다."

"해설위원님. 오늘이 드디어 100m 결승전인데요. 온 국민의 관심을 받고 있는 선수가 출전하죠?"

"네, 그렇습니다. 대한민국 국민뿐만 아니라 세계인의 관심을 한 몸에 받고 있는 선수죠. 100m까지 금메달을 목에 걸면 복싱에서 금 하나, 역도에서 금 하나, 수영에서 6개, 육상에서 4개로 12관왕에 오르는 위업을 달성하게 됩니다."

"12관왕이라. 정말 대단하다는 말밖에는 할 말이 없군요."

"그렇습니다. 역대 올림픽 역사상 최고의 다관왕은 미국의 마크 스피츠였습니다. 1972년 뮌헨 올림픽에서 수영 7관왕에 올랐죠. 하지만 강산 선수는 다릅니다. 마크 스피츠는 한 종목에서 한 것이고 강산 선수는 여러 종목에서 금메달을 휩쓰는 것이니까요."

"그게 과연 가능하긴 한 겁니까?"

해설위원이 웃음을 터트렸다.

"눈앞에 있잖습니까!"

강산의 등장은 폭풍과도 같았다. 사람들은 그의 기록 행진을 지켜보며 열광할 수밖에 없었다.

처음에는 의심의 눈초리가 많았다. 인간으로서 그게 가능하냐는 의문에 약물 검사까지 받아야만 했다.

하지만 어떠한 검사에서도 깨끗하게 나왔다. 오히려 경이적인 그의 신체 능력만 부각되며 유명세만 더해주게 만들었다.

"일부에서는 신의 축복을 받았다는 말까지 나올 정도 라죠?"

"해외 언론에서는 올마이티 맨이라고 한답니다. 이번에도 우승, 나아가 세계신기록을 갱신한다면 정말 전지전능한 올림픽 영웅으로 인정받을 겁니다."

"지금까지 성적으로도 충분한 거 같은데요?"

"그럼 올마이티 퍼펙트 맨이라고 하면 되죠."

강산이 트랙 위에 올랐다. 선수들이 차례차례 소개되고 그의 차례가 되자 관중들의 우레 같은 환성과 박수가 쏟아졌다.

손을 흔들며 주변을 둘러보았다. 중원에서처럼 그를 두려워하는 시선은 없었다. 선망하고 기대하며 응원하는 이들이 대부분이었다. 선수들 또한 경쟁자로서의 경계심은 보여도 적개심은 없었다.

쉽다면 쉬운 길이었다. 절대적인 능력이 있었고 이서경이란 재력가가 있었다. 이 자리는 이미 예견된 일이었다.

하지만 그렇다고 해서 마냥 당연하게 여기는 것은 아니었다. 혼자였다면 이전처럼 모든 것을 잃는 악수를 뒀을 수도 있었다.

부모님과 형, 신하윤, 김민수, 문대식을 비롯한 현재의 소중한 인연과 과거로부터 이어온 이서경과 한지겸이 없었다면 이루지 못했을 일이었다.

―On your mark.

안내에 따라 자리를 잡았다. 스타팅 블록에 두 발을 대고 땅을 짚었다.

기록을 맞추느라 힘들었던 지난 시간이 떠올랐다. 처음에는 얼마나 사고를 쳤었는지 모른다.

원반던지기는 반대편 펜스를 깔끔하게 두 동강 내버렸고 포환은 벽을 부쉈다. 창던지기도 창이 아예 땅속에 깔끔하게 파고들어가 버리는 바람에 손수 뽑아내는 수고를 해야 했다.

그런 실수들을 줄여가며 최대한 많은 종목을 준비해 왔다. 하지만 최종 출전 종목은 겹치지 않는 것으로 해야 했기에 12개의 메달만 노리게 되었다.

―Set.

몸을 세우고 준비를 마쳤다.

탕!

총성에 맞춰 총알처럼 튀어나갔다.

이제 오늘의 100m 달리기를 끝으로 중원과는 다른 의미의 천하제일에 오를 것이다.

*　　*　　*

8월 29일자 신문기사는 강산의 이야기로 도배되었다.

대한민국 강산, 브라질 올림픽에서 전설을 쓰다.

100m 자유형 45초 90 세계신기록.

200m 자유형 1분 40초 12 세계신기록.

400m 자유형 3분 38초 00 세계신기록.

1500m 자유형 13분 42초 20 세계신기록.

200m 개인혼영 1분 42초 33 세계신기록.

400m 개인혼영 4분 00초 01 세계신기록.

69kg이하 웰터급 복싱 금메달.

69kg이하 역도 인상 170, 용상 202, 합계 372 세계신기록.

장대높이뛰기 6.20m 세계신기록.

포환던지기 24.09m 세계신기록.

멀리뛰기 9.58미터 세계신기록.

100m 달리기 9초 49 세계신기록.

이상의 기록이 브라질 올림픽에서 새롭게 탄생했다. 그리고 그 탄생은 여러 선수가 아닌, 단 한 명의 대한민국 선수로 인해……

올마이티 맨 강산.

사람들은 그에 열광했다. 올림픽의 영웅이자 대한민국의 영웅이 된 강산에 대한 관심은 뜨거웠다. 세계 각국의 언론도 그를 취재하기 위해 특파원까지 보냈다.

여러 외신 기자들과 국내 언론사들이 모인 기자회견장에서 강산은 말했다.

"세계 챔피언 리안 카터. 그에게 도전합니다."

그해 겨울, 세계 챔피언이 바뀌었다.

2장
나도 좀

천하제일.

중원에서 그 자리에 올랐을 때에는 솔직히 별다른 즐거움
이 없었다. 용감하게 비무를 청하며 찾아오는 녀석들이나 제
자가 되겠답시고 쫓아와 매달리는 녀석들 때문에 귀찮기만
했다.

하지만 지금의 세상은 달랐다.

사람들이 찾아오는 것은 마찬가지였다. 그러나 칼 들고 오
거나 바짓가랑이를 붙잡고 제자로 삼아달라는 녀석은 없었
다.

대신, 그들은 돈과 협찬을 가져왔다.

"어디로 할래?"

신하윤은 글로벌 스포츠 매니지먼트 전공자로 화이트 프로모션에서 일을 하고 있었다. 이서경은 그녀의 입장을 고려해서 강산을 전담하게 해주었다.

그녀가 묻는 것은 차량 협찬에 대한 건이었다.

국내 업체뿐만이 아니라 해외 업체에서도 협찬 제의가 들어왔다. 올림픽 12관왕에 리안을 7라운드 KO로 이기면서 올마이티 맨이란 거창한 이름까지 얻게 된 영향이었다.

"어떤 차가 좋은데?"

"여러 가지를 고려해야지. 실용성과 안전은 당연하고 대외 인지도를 생각해야 해. 내가 추천하고 싶은 차량은……."

하윤이 국내 대형 세단 하나와 벤츠 E클래스, SUV 차량으로는 벤츠 M클래스와 볼보의 차량을 골랐다.

"이 정도? 안전성 면에서는 볼보를 추천하고 싶어."

강산은 카탈로그 대신 하윤을 빤히 바라봤다.

"왜?"

"그런 거 말고. 네가 타고 싶은 차를 말하라고."

"내가?"

"그래. 난 네가 원하는 차로 해주고 싶어."

각종 세계 대회를 나가고 올림픽까지 참가하면서 하윤이

에게 많은 신경을 써주지 못했다. 오죽했으면 그녀가 아예 화이트 프로모션에 입사했을까?

주변에서는 무섭다느니, 집착이라느니 말이 많았다. 특히 강산이 유명해지자 기억에도 없는 동창이란 녀석들과 후배들의 연락이 이어지며 그런 말들이 생겼다.

그러면서 괜찮은 여자 있다고 소개해 준다거나—알고 보니 친척—적극적으로 연락하는 여자들도 많았다.

속이 빤히 보이는 행동이지만 그들이 하는 말도 일리는 있었다. 하윤의 행동은 모르는 사람들이 봤을 때, 무서운 집착과도 같다는 것을.

하지만 강산은 그 이유를 알고 있기에 불만도 없었고 나쁘다고 생각한 적도 없었다.

그녀를 왜 좋아하게 됐을까?

마음 여리고 겁이 많은 아이였다. 놀라기도 잘 놀랐고 조금만 무서워도 울음부터 터트렸다.

측은지심 때문일까?

아니다. 남을 불쌍하게 여기는 마음 따위, 그에게는 존재하지 않았다. 그저 우는 게 시끄러워서 손을 대다 보니 어느새결에 따라다녔고 그녀의 육체에 마기가 깃들어 버렸다.

마기로 인해 하윤의 성격이 변하면서부터는 재미있었다. 앞에서는 얌전하게 굴면서 그가 보이지 않으면 애들을 휘어 잡는 것이 귀여웠다.

어미를 쫓는 병아리처럼 달라붙는 그녀로 인해 어린 시절을 무난하게 보낼 수 있었다.

그래, 결과적으론 그녀가 있었기에 어렸을 때 잘 참고 견딘 것이었다. 돌이켜 보면 고마운 존재였고 남들이 손가락질하는 그녀의 행동은 자신으로 인한 것이었다.

무인은 자신이 휘두른 검에 대한 책임을 져야 하는 법이다. 그렇지 않다면 애당초 검을 들지 말았어야 하는 거고.

강산은 하윤의 머리에 손을 얹어 가볍게 쓰다듬어 주었다.

"스포츠카는 어때? 서경이 차가 멋지다며?"

발갛게 물들어 있던 하윤의 얼굴이 순식간에 평상시로 돌아왔다.

"SUV로 하자. 이거."

조금은 스포츠카에 마음이 가기도 했다. 그러나 이서경이란 이름 석 자에 스포츠카는 과감하게 포기했다. 아무리 언니, 동생 하는 사이라도 경쟁은 경쟁이다.

강산이 이서경과 비슷한 스포츠카를 끌고 다니게 하고 싶지는 않았다.

"조건은 대부분 비슷해. 각종 행사나 촬영 등이 있을 때는 차를 끌고 다녀야 하고 차량 협찬 기간은 1년."

하윤의 마음을 짐작한 강산은 잔잔한 미소를 지은 채 이야기를 들었다.

"하지만 볼보에서는 2년간 제공하겠다고 했어. 그간 네가 가족을 중요시하는 모습을 많이 보여서 XC90의 슬로건에 부합한다는 거야."

"당신의 가족과 당신의 행복을 책임집니다?"

"응. 우리가 생명을 살린다, 라는 광고 문구로도 유명한 곳이 볼보이고 스포츠 스타의 생명은 몸이잖아. 안전에 신경을 쓰는 볼보의 이미지에도 플러스가 된다는 거지."

뛰어난 스포츠 선수라도 문제가 생기지 않으리란 보장은 없다. 더구나 강산은 단번에 스타가 된 상황이기에 군침을 흘리면서도 조심스럽게 접근하는 업체가 많았다.

볼보 또한 생각 없이 2년을 제시한 건 아니었다. 2년 동안 다른 국제대회도 많았고 아시안게임도 있었다. 그간의 성적을 보고 계속 후원을 할지 말지 정할 생각이었다.

"그럼 그걸로 하고 나가자."

강산이 자리에서 일어나며 하윤의 손을 잡아끌었다.

"응? 어딜?"

"데이트."

강산은 이제 할 만큼 했다고 생각했다. 올림픽 메달리스트로 연금도 나오고 지원금도 받았다. 리안과의 대결도 기자 회견장을 이용해 세계적인 이슈로 만들어 5백억에 달하는 파이트머니도 벌었다.

중원에서는 돈이 많아도 쓸 일이 없었다. 세력을 만들지 않아서 큰 집도 필요 없었고 먹을 거나 해결하면 그만이었는데, 그 먹을 것마저도 널린 게 산과 들의 짐승들이었다.

하지만 현대 사회는 달랐다. 놀 거리, 즐길 거리가 무궁무진했다. 돈이 있으면 할 수 있는 것도 많았다.

예전처럼 가족에 대해 걱정할 필요도 없었기에 강산은 마음 편히 세상을 즐겨보고 싶었다.

*　　　*　　　*

강산이 챙기는 기념일은 몇 가지 없었다.

생일과 결혼기념일.

결혼기념일은 당연히 강산의 것이 아니다. 부모님의 결혼기념일을 뜻했다. 강창석과 이선화가 결혼기념일을 챙기는 것은 모두 강산 덕분이라 할 정도로 매년 챙겨왔다.

그 외에는 챙겨본 적이 없다. 중원에서는 무슨무슨 데이 같은 기념일은 있지도 않았다. 친구들의 생일이라도 기억하는 것이 다행이다.

하지만 사람에게는 언제나 예외라는 것이 존재한다. 돈도 넉넉하게 벌었겠다, 졸업 학점도 충분하겠다—졸업 논문은 이미 끝내 놨다—이래저래 여유가 넘치니 조금 더 주변에 신경을 쓸까 했다.

강산은 주방 테이블 위에 재료를 늘어놓았다. 자연산 카카오매스와 카카오버터, 자연산 벌꿀까지 사왔다.

시중에서 저렴하게 파는 초콜릿은 카카오매스는 함유하고 있어도 카카오버터는 없다. 버터 대신 팜유나 대두유 같은 식물성 유지를 사용한다.

오늘 만드는 초콜릿은 카카오매스 70%에 버터 9%를 섞은, 진짜 초콜릿을 만들 생각이었다.

"가만있자."

이왕 만드는 거 나름대로 즐기면서 만들어야겠다.

매스와 버터를 스테인리스 용기에 담고 그것을 한 손에 올렸다. 그리고 오랜만에 내공을 살짝 끌어올려 천마열양신공을 시전했다.

'편한데?'

중탕이 필요 없었다. 내공을 조절해 일정한 온도를 유지하며 한 손으로는 카카오매스와 카카오버터를 잘 저어 섞이게 했다.

잘 녹아 완연한 액체가 된 카카오 초콜릿을 이번에는 내공으로 감싸 공중에 뜨게 만들었다.

"흐음."

무슨 모양을 만들까 고심하던 강산이 이내 양손을 움직이기 시작했다. 초콜릿이 뭉치고 회전하더니 길게 늘어나며 서서히 하나의 모습을 갖춰갔다.

'생각보다 연공이 되는군.'

단순히 내공으로 물건을 움직이는 허공섭물이 아니었다. 검에 의지를 부여하는 이기어검의 심득까지 사용하고 있었다. 그 덕에 초콜릿의 형체는 더욱 살아 있는 것처럼 느껴졌다.

'좋아.'

초콜릿은 용(龍)의 모습으로 완성이 되었다. 그리고 포효하듯이 입을 벌리더니 멋들어진 자세로 멈추었다. 이제는 이대로 식혀서 굳히면 되었다.

'냉장고에 넣기는 그러니······.'

크기가 컸기에 냉장고에 넣을 수가 없었다. 그렇다고 냉장고를 비울 수도 없는 일이었다.

이번에는 손에 냉기가 어리기 시작했다.

천마열양신공이 극양의 무공이라면, 지금 시전하는 무공은 극음의 무공으로 빙백열화신장(氷白熱化神掌)이라 불린다.

냉기가 극한에 이르러 장법에 적중되면 온몸이 타들어가는 고통을 느끼게 되는 극음, 극한의 무공이었다.

미세하게 내공을 조절하며 빙백열화신장이 서서히 용의

전신을 감쌌다. 하얀 기운이 검은 용의 전신을 감싸며 더욱 신비로운 모습이 되었다.

"아쉽네."

혼자보기 아까운 광경이었다. 나중에 서경이나 지겸이한 테 보여줄까 하며 잘 굳은 초콜릿 용을 테이블 위에 올려두었 다.

"……."

강산의 눈에 밀봉된 그대로의 꿀단지가 보였다. 잠시 고민 하던 그가 용의 수염 끝을 아주 살짝 잘라 입에 넣었다.

"써."

인상을 찌푸리며 잠시 고민을 했다.

이걸 다시 녹여서 새로 만들어야 하나?

만들다보니 흥이 돋아서 걸작이 되어버린 초콜릿 용이었 다. 녹이자니 아까웠고 다시 똑같이 만들 수 있을지도 의문이 었다.

"리안한테 줘야겠군."

고급스런 것만 먹는 놈이니 이것도 먹을 거다. 아마도.

상자 하나를 든 강산이 카페에 들어왔다. 먼저 와서 기다리 고 있던 신하윤이 반가운 얼굴로 자리에서 일어났다.

"어쩐 일이야? 오늘은 집에서 쉰다고 하지 않았어?"

오늘은 발렌타인 데이였다. 사랑을 시작하려는 사람과 연인을 위한 날이다.

예전부터 강산이 이런 날을 챙기지 않는다는 것을 알기에 포기했었지만, 막상 그가 집에서 쉰다고 했을 때는 많이 서운한 마음이 있었다. 하지만 이렇게 보게 되니 그렇게도 좋을 수가 없었다.

"쉬었지."

나름대로 초콜릿 제조 무공을 갈고 닦으며 쉬었다. 재미있었기에 휴식의 의미가 맞다.

"그건 뭐야?"

강산은 상자를 테이블 위에 올려놓고 잠시 망설였다. 이번에는 분명히 꿀까지 첨가해서 제대로 만들긴 했다. 그래도 처음 챙기려니 쑥스러웠다.

'쩝. 쑥스럽다니.'

언제나 당당하게 살아왔다. 쑥스러움이 있을 턱이 없다.

"받아."

상자를 하윤의 앞으로 밀었다. 그녀의 눈동자가 기대에 차 반짝였다.

"나 주는 거야?"

"응."

"열어봐도 돼?"

고개를 끄덕여 주자 상기된 얼굴로 상자를 열려던 그녀가 손을 딱 멈췄다. 그러더니 먼저 쇼핑백 2개를 내밀었다.

"이건 내 선물."

하나는 옷이 들어 있었다. 심플한 봄철 가디건이었다. 그리고 다른 하나는 초콜릿이었다.

"발렌타인 데이잖아. 오늘은 여자가 사랑하는 사람에게 초콜릿이나 선물을 주는 날이야. 그래서 준비했는데. 마음에 들어?"

초콜릿도 직접 만든 수제 초콜릿이었다. 하나하나 투명한 비닐에 싼 귀엽고 앙증맞은 동물들 모양이었다.

"여자가 주는 날이라고?"

"응. 남자가 주는 날은 화이트 데이고."

몰랐다.

아니, 정확히는 잘못 알고 있었다.

나름대로 인터넷 포털 사이트에서 검색도 해봤다. 거기에는 분명이 이렇게 적혀 있었다.

그리스도교의 성인, 발렌티노의 축일. 오늘날에는 연인들끼리 카드나 선물을……

저기까지만 읽고 말았다. 이런 걸 알아보고 있는 자체가 왠지 쑥스러워서였다.

요즘 들어 평정심을 유지하기가 쉽지 않은 것 같다. 예전 같았으면 끝까지 알아봤을 일을 쑥스러움 때문에 대충 보고 말다니. 일부러 감정에 충실하려 노력하기 때문인 것도 있겠지만, 이럴 때는 살짝 난감하긴 하다.

"저기."

"응?"

상자 오픈.

하윤의 눈이 동그래졌다. 상자 안에는 멋진 자세를 취하고 있는, 통통하고 귀여운 판다 초콜릿이 있었다.

"1/30 사이즈 무술팬더야."

실제 용이나 호랑이 같은 것보다 예전에 하윤이 좋아했던 애니메이션의 캐릭터를 만들었다. 색을 만들기 위해서 몇 가지 재료까지 추가로 구입했었다.

그런데 남자가 주는 날이 아니라고?

"산아."

하지만 그녀는 정말로 기쁜 표정을 짓고 있었다. 그래, 그 거면 된 거다.

"하윤아."

"응."

"화이트 데이 미리 챙긴 거다."

저녁이 되자 이선화가 집에 돌아왔다. 현관을 열고 들어서는데 달콤한 향이 집안에 가득했다.

"이게 무슨 냄새야?"

신발을 벗고 거실에 들어선 그녀의 입이 떡 벌어졌다.

"세상에……."

식탁과 선반, 장식장 등. 공간이 비어 있던 곳마다 자리를 차지하고 있는 것들.

용, 호랑이, 쥐, 말, 뱀 등을 형상화한 12지신 초콜릿이 집안 곳곳에 자리 잡고 있었다. 모두 강산이 연습한 초콜릿 완성품들이었다.

*　　　*　　　*

천마수라강시.

그 기원은 마도 무림을 일통했던 최초의 절대고수, 천마로부터 시작되었다.

천마의 무위는 전설적이었다. 손짓 하나로 산을 날리고 바다를 갈랐으며 의지만으로 사람을 죽게 만들 정도였다고 한다. 정도 최강의 고수 또한 그의 삼초지적 정도일 뿐이었다.

정도의 고수들은 그를 물리칠 힘이 필요했다. 마도천하가 계속되도록 가만히 내버려 둘 수는 없었다.

그래서 그들은 천사도와 손을 잡았다.

신선이 되기 위해 온갖 잡술에 의지하는 자들, 같은 도가에서도 터부시하는 좌도방문에 치우친 자들이 천사도였다.

스스로의 마음을 닦아 신선이 되려하지 않고 온갖 술법에 의지하는 천사도의 도사들, 그들은 천마조차도 물리칠 수 있는 최강의 강시를 만들 수 있다고 했다 한다.

천종설이 중원을 떠돌다 습득한 고서(古書)에는 이러한 천마수라강시에 대한 내용이 적혀있었다.

살아 있는 사람을 강시로 만드는 비술로 생강시의 하나인 천마수라강시. 고서의 내용대로라면 천마가 아니라, 천마 할아비라도 이길 수 있을 정도로 강력한 강시였다.

하지만 이들이 천마수라강시를 완성했는지는 모른다. 고서는 단지 천마수라강시를 만들게 된 배경과 제조법만 기록되어 있었기 때문이다.

천종설은 중원에서 꽤 많은 시간을 들여 천마수라강시의 제조법에 대한 검증을 했다. 그리고 수많은 비서(秘書)의 술법과 자신이 아는 모든 지식을 토대로 한 가지 결론을 내렸다.

어떠한 강시보다 강력하지만, 천마를 상대할 정도인지는 모른다.

실제로 천마의 무공이 어느 정도인지 제대로 아는 사람은 드물었다. 말로는 산을 부수고 바다를 가른다 하지만, 실제로 그런 모습을 목격한 사람은 없었다.

더욱 뛰어날 수도, 모두가 허황된 얘기일 수도 있기에 강시가 이길지 질지는 알 수가 없는 것이었다.

어쨌거나, 그러한 사실들은 사실 별 상관없는 이야기였다. 천마수라강시는 생강시이고 생전의 기억을 가진 채로 강시가 된다는 사실만이 중요할 뿐이었다.

둥글고 투명한 유리관 안에 옅은 붉은색을 띤 액체가 가득 차 있었다. 그리고 이여령이 그 액체 속에 몸을 담그고 있었다.

달이 모습을 감추는 삭월에 태어난 생명 1천의 피와 양기가 강한 영약이라 불릴 만한 약초의 배합물 안에서 1천 일을 지내면 모든 준비가 끝난다.

본디 유리관 안의 액체는 검붉은 색이었다. 그것이 많이 옅어진 상태였다.

"석 달… 조금만 견뎌주시게."

액체가 완전히 투명해지는 날, 그의 부인은 다시 태어날 것이었다.

천종설이 유리관을 천천히 쓰다듬고 있는데 인터폰이 울렸다. 화면에는 문밖에 서 있는 박재철이 보였다.

아쉬운 마음을 뒤로하고 그가 밖으로 나섰다.

박재철과 함께 국정원 지하 연구실에 도착한 천종설은 한창 제조 중인 강시의 앞에 섰다.

부인과는 달리 국정원에서 제조하는 강시는 죽은 시체로 만드는 일반 강시였다. 위력도 성인 남성 3배 정도의 근력과 민첩성을 가진다.

좀 더 좋은 강시를 만들어줄 수도 있었다. 철강시나 혈강시 정도라면 만드는 데 크게 차이는 없었다. 그러나 그런 강력한 강시를 주기는 싫었다. 그의 목적은 부인을 죽지 않게 만드는 것이지 이들에게 힘을 주려는 것이 아니기 때문이다.

물론 강시를 만드는 것을 보고 그들이 연구할 수도 있다.

하지만 강시를 만드는 일에는 내공의 힘도 상당부문 소요하게 된다. 그러니 무공을 쓰지 않는 사람은 강시를 만들 수가 없었다.

아무리 과학적으로 분석한다고 해도 내공, 기(氣)를 자유자재로 다루지 못하면 강시를 만들지 못하는 것이다.

거기다 시술하는 침의 깊이나 위치 또한 아주 미묘한 차이로 조절해야 하기에 다른 이가 강시 만드는 과정을 아무리 세밀하게 관찰해 봤자 소용없는 일이었다.

"흐음. 다 된 거 같군."

이제 강시를 조정할 술사에게 부적을 먹이고 강시에게는 술사의 피를 먹이면 된다. 기본적으로 죽은 자가 사용하는 언어로 간단하게 명령만 하면 움직인다.

한국인이라면 한국말을, 중국인이면 중국말을, 일본인이면 일본말로 말하면 되는 것이다.

"자네가 조종할 텐가?"

"그렇습니다."

천종설은 고개를 끄덕이고 사발에 담근 물에 검은 닭의 피를 한 방울 떨어뜨렸다. 그리곤 부적을 불에 태워 그 재를 사발에 담고 검지로 휘휘 저었다.

"마시게."

아무렇지도 않게 내미는 사발을 보는 박재철의 눈가가 씰룩였다. 이게 무슨 비과학적이고 비위생적인 짓인지 모르겠다.

"꼭 이래야 하는 겁니까?"

"싫으면 그냥 깨울까?"

천종설이 강시의 머리 위로 손을 가져가려 하자 냉큼 사발을 받아 들었다. 지난번에 미완성된 강시와의 결투에서 했던 고생을 두 번 다시 하고 싶지는 않았다.

꿀꺽, 꿀꺽.

단숨에 사발을 들이키는 박재철이 매섭게 쏘아보았다. 천종설은 그러거나 말거나 느릿하게 품을 뒤적여 대바늘 하나를 꺼내들었다.

"손 내밀게."

이번에는 망설이지 않고 손을 내밀었다. 어차피 해야 할 일이었다. 감정적인 대응은 시간만 낭비할 뿐이었다.

푹!

대바늘이 가차 없이 그의 약지를 찔렀다.

빌어먹을 영감이!

욕설이 튀어나오려는 것을 간신히 참았다. 임무가 우선이다. 나중에 두고 보자, 나중에.

그런 마음을 아는지 모르는지, 천종설은 작은 종지에 약지의 피를 담아 강시의 입을 벌리고 먹였다.

피를 먹은 강시의 감겨 있던 눈이 번쩍 뜨이며 눈동자가 박재철에게 향했다. 그것을 확인하고 손을 뻗어 백회혈에 꽂혀 있던 대침을 쑥 뽑았다.

"크하아."

길게 토해내는 숨결에 악취가 담겨있다. 박재철은 그 악취에 인상을 찌푸렸다.

"복잡한 명령은 알아듣지 못할 거야. 간단한 명령만 내리게."

박재철은 즉각 말했다.

"일어나."

내키지 않지만 명령이다. 한동안은 자신이 강시를 이런저런 연구에 쓰이도록 이끌고 다녀야 했다.

하지만 강시는 듣지 못한 듯, 꿈쩍도 하지 않았다.

"일어나라."

"일어나라니까."

"서!"

아무리 말해도 요지부동이다. 박재철이 인상을 구긴 채로 천종설을 바라보았다.

"자네, 중국어는 할 줄 아나?"

이번에 쓰인 시체는 신원불명의 중국인 변사체였다. 그리고 명령은 강시의 모국어를 써야 한다는 설명을 할 정도로 천종설은 친절하지 않았다.

*　　　*　　　*

딸칵딸칵딸칵.

PC방에 온 강산의 손이 빠르게 마우스를 클릭했다. 왼손은 연신 키보드 위를 오간다. 그의 눈은 모니터 여기저기를 샅샅이 훑어보았다.

갑자기 얼굴이 벌게진 그가 한 손만으로 빠르게 타자를

쳤다.

> 월드 넘버원 : 님, 매너요.
>
> 초글링 : 즐!
>
> 월드 넘버원 : 맵핵 신고요.
>
> 초글링 : 즐~
>
> 월드 넘버원 : 신고했어요.
>
> 초글링 : 병1신.

게임을 하던 강산이 조용히 헤드셋을 벗었다.

"건방진 자식이."

최근 그도 온라인 게임을 시작했다. 간단한 전략게임이었는데 초등학생들도 많이 하는 모양이었다. 지금 그를 열 받게 한 유저 닉네임도 초등학생을 떠올리게 만드는 것이었다.

강산은 다시 헤드셋을 꼈다.

맵핵이 있어도 질 이유는 없다. 그의 눈에 기광이 일렁이며 눈과 손이 엄청난 속도로 움직이기 시작했다.

> 초글링 : 헐, 님 쫌 함?
>
> 월드 넘버원 : 집에 가서 숙제나 해라.
>
> 초글링 : 언제 봤다고 반말?

월드 넘버원 : …그러다 혼난다.

초글링 : 병1시나. 너 나 알아? ㅋㅋㅋ.

강산은 대꾸하지 않고 깔끔하게 밀어버렸다. 그런데 본진
까지 털었는데 게임이 끝나지 않는다.

초글링 : ㅋㅋㅋㅋ 차자바 병!시나~

구석에 조그마한 건물 하나를 지어놓은 모양이다. 녀석은
나가지도 않고 계속 채팅창에 욕설을 뱉으며 약을 올렸다.

결국 구석구석 뒤져서 건물을 찾았다. 절묘하게 배경에 살
짝 가려진 곳이었다.

초글링 : 고생했다 남보원!

빠각!

강산의 손아귀에 있던 마우스에 금이 갔다.

"남보원?"

남보원은 개그맨 이름이다. 그리고 1990년대에 유명했던
사람으로 어린아이는 몰라야 정상이다.

월드 넘버원 : 너 초딩 아니지?

초글링 님이 퇴장하셨습니다.

콧김을 푹 내뿜고 헤드셋을 벗었다.

새로운 취미 생활을 위해 게임을 시작했다. 생각보다 재밌었고 승리하는 재미가 비무와는 색다른 즐거움을 주었다.

그렇지만 이런 경우에는 그도 많이 성질이 났다. 특히 초딩인 척 사람 속을 긁는 녀석들은 막말로 현피까지 뜨고 싶을 정도다.

'민수한테 연락해 봐?'

카이스트에서 열심히 공부하고 있을 민수가 떠올랐다. 아무래도 그쪽에 있다 보니 IP추적 같은 것에도 일가견이 있지 않을까 싶다.

하지만 이내 고개를 내저었다. 그래봤자 좋을 일도 없었고 만나서 뭘 어쩌겠는가. 게임에서 조금 까불었다고 팔다리를 부러트려 버릴 수는 없는 일이다.

우우웅—

휴대폰의 진동이 요란하게 울렸다. 액정에 귀찮은 놈이라는 글자가 보였다. 리안이다.

"왜?"

—리매치하자!

이놈의 자식은 시도 때도 없이 경기하자고 난리다. 그리고 이렇게 얘기할 때는 뻔하다.

"또 한국 왔냐?"

—그래. 내가 그간 절치부침했다. 이번에야 말로 벨트를 되찾겠어!

"절치부심이다. 한국어 공부하나 보네?"

영어 사이에 한국어가 끼어 있어 애매하긴 했지만, 그래도 한국어를 공부하는 것이 어딘가 싶다.

—흥, 지피찌개면 백전불고기라 했다.

"…너 일부러 웃기려고 그러는 거지?"

수화기 너머에서 한동안 아무런 반응이 없었다.

"됐다. 그나저나 잘됐네. 줄 거 있었는데."

—줄 거?

"초콜릿 좋아하냐?"

—초콜릿 좋지. 그런데 난 아무거나 먹지는…….

"저녁 때 우리 집으로 와라."

강산은 간단히 말하고 전화를 끊었다.

리안은 재밌는 녀석이었다. 벨트를 잃고도 전혀 싫어하는 기색이 아니었다. 오히려 도전할 사람이 있다는 것에 감사하기까지 하는 느낌이었다.

덕분에 자주 한국에 들어왔고 오늘도 두 달 만에 다시 찾아온 것이었다.

자리에서 일어나 카운터로 향했다. PC방 안에는 게임을 하는 사람들로 가득했다.

"넘버원은 개뿔. 새끼, 열 좀 받았을 거다."

"야야, 초딩 놀이가 그렇게 재밌냐?"

"너도 해봐."

우연이다. 그것도 기가 막힌 우연.

방금 전까지 싸우던 상대가 같은 PC방에 있을 확률이 얼마나 될까?

"잘하긴 잘하더라. 맵핵도 소용이 없어."

"그래봤자야. 지금쯤 열 받아서……!"

누군가가 목덜미를 잡기에 고개를 돌리려는데 몸이 말을 듣지 않았다. 동시에 말문도 막히며 꼼짝을 할 수가 없었다. 당황한 남자의 귓가에 스산한 목소리가 들려왔다.

"현피 조심해야지. 안 그래, 초글링?"

친구로 보이는 놈은 수혈을 짚어 재웠다. 하지만 이놈은 아니다. 오히려 정신을 맑게 해주는 혈을 건드리고 마혈을 짚어 30여 분 동안 꼼짝도 못하게 해줄 생각이다.

"에티켓을 지키자고."

어깨를 툭툭 두드려준 강산은 PC방을 나섰다. 이런 우연을 내려준 하늘에 감사하며, 가슴에 남아 있던 화를 깔끔하게 털어냈다.

이런 건 그때그때 풀어주는 게 최고다.

삐 삐삐삐.

비밀번호를 눌러 문을 열었다. 집 안에서 웃음소리가 들렸다. 리안과 어머니의 목소리다. 초콜릿을 준다니까 나름 선물이라고 생각했는지 일찍 왔다.

리안은 강산의 이웃으로 이사 온 다음부터 종종 들러왔기에 부모님과 사이가 좋은 편이었다.

"다녀왔습니다."

대개의 부모님은 자식이 게임하는 것을 탐탁지 않게 생각하신다. 강산의 부모님도 별다를 바는 없어서 PC방을 이용하곤 했다.

이선화는 아들이 들어오자 슬쩍 고개를 돌리며 맞이했다.

"왔니? 어! 리안!"

"한눈파시면 안 되죠, 우하하하!"

그러니까, 강산은 자신의 부모님도 게임을 싫어하시는 줄 알았다. 보통의 부모님이 그러했고 이전 삶에서도 딱히 게임하시는 모습을 보지 못했기 때문이다.

그런데 눈앞에서 어머니가 리안과 함께 열을 올리며 하고 있는 것은 게임이었다.

"엄마, 뭐하세요?"

"리안이 게임기를 가져와서."

TV에 연결된 게임기는 최근 나왔다는 펄스박스7이다. 헤드마운트 디스플레이 장치를 쓰면 간단한 가상현실 게임까지 할 수 있는 최신형이었다.

"엄마, 제가 이겼어요?"

"비겁하다! 인사하는데 공격하는 게 어딨어? 이거 무효야, 무효!"

"에이, 치사하게."

"뭐? 치사? 요게 두 달 만에 와서는 감을 잃었네? 한 번 해 볼까?"

이선화가 엄지와 검지를 내밀며 으스스한 표정을 지었다.

"알았어요, 알았어. 제가 쏠게요."

강산의 부모님 모두 영어 회화가 가능한 분들이셨다. 그래서 리안이 처음 왔을 때에도 대화에 지장은 없었다.

이선화는 아들과 대결하기 위해 타국까지 온 리안을 이해하지 못했었다. 그러나 자주 접하면서 무언가를 느끼셨는지 살갑게 대하기 시작하셨다.

리안과 많이 가까워졌다고 생각할 무렵, 이선화는 자신을 엄마라 부르라고 했었다. 단칼에 거절하리라는 예상과 달리 리안은 망설였고, 그 망설임의 틈을 이선화는 단박에 파고들었다. 리안을 품안에 답싹 안아버린 것이다.

대체 미국에서 어떻게 살아왔는지, 리안은 그런 이선화의 막무가내식 애정 표현에 넘어왔다.

아마도 리안 또한 정에 굶주렸던 듯싶었다.

"산아, 뭐 먹을래?"

"뭘 먹어?"

"엄마랑 내기했거든. 중국집 쏘기. 너도 짜장면?"

"팔보채."

망설임 없이 말했다. 돈도 많은 녀석이 짜장면을 종용하면 안 되는 거다.

"그냥 탕수육 세트 시키면 안 되냐?"

세트도 알고 이제는 한국 사람이 다 되어가고 있었다. 강산은 설핏 웃어주었다.

"양장피 추가."

*   *   *

로스쿨에 들어가려던 강현은 가족들 모르게 사법고시에 응시했다. 로스쿨은 4년 졸업 후에 다시 3년의 시간이 더 필요했다. 쓸데없이 시간이 오래 걸린다 싶었던 그는 법학 관련 학점을 학원에서 이수하고 사법고시를 보았다.

마지막 사법고시인 만큼 뽑히는 인원수가 매우 적었다. 강현은 그런 시험에서 이미 2차까지 합격한 상태였다.

사실 로스쿨에 들어가는 LEET시험은 그다지 어렵지 않았다. 4학년 때만 준비해도 충분한 시험이었다. 그런데도 그가 1학년 때부터 도서관에 살다시피 한 것은 바로 사법고시 준비 때문이었다.

딱히 설레발을 치고 싶은 생각은 없었기에 2차 시험까지 합격하고도 집에 말하지 않았다. 그리고 오늘은 대망의 최종 합격자를 발표하는 날이었다.

강현은 법무부 사이트에 접속하여 최종 합격자 명단을 다운받아 확인했다.

11150131 강현.

그의 응시번호와 이름이 당당하게 명단에 들어 있었다.

"좋았어!"

주변 사람들 모르게 사법고시를 준비하는 건 쉽지 않았다. 학교 성적에도 신경 써야 했고 학원에도 다녀야 했다.

그 모든 여건을 극복하고 결국 합격한 사법고시다. 강현은 가벼운 마음으로 집으로 향했다.

"저 왔어요!"

여느 때보다 씩씩하게 인사하며 들어온 집안엔 음식 냄새가 가득했다. 거실에는 중화요리가 거하게 차려져 있었고 부모님과 동생 외에도 리안, 샤를, 하윤, 혜정, 서경, 지겸까지 보였다.

혜정이 자리에서 일어나 다가왔다.

"현아. 다행이 맞춰 왔네. 왜 전화를 안 받아?"

꺼내보니 무음으로 해놓은 폰에 부재중 전화가 10통이나 와 있었다.

"무음으로 해놓고 깜빡했네. 그런데 오늘 무슨 날이야?"

설마 자신의 합격 소식이 벌써 집에 알려졌나 싶었다. 최종 합격을 하면 학교에서 연락이 가기 때문이었다.

하지만 뭔가 이상했다. 특히 리안의 얼굴이 죽상인 것은 이해가 가지 않았다. 대단히 억울해하는 얼굴이었다.

강현의 의문은 이선화가 풀어주었다.

"오늘 내가 리안이랑 내기해서 이겼거든."

"내기요?"

"끄응. 짜장면인데……."

리안이 오만상을 찌푸리며 꿍얼거렸다.

원래는 간단한 짜장면 내기였다. 그런데 강산이 나타나 팔보채에 양장피를 추가하더니 아버지가 오신다는 연락에 아예 모두를 불러 버렸다.

"그런 게 있어. 잘됐다. 음식도 금방 막 차렸는데. 어서 손 씻고 와서 먹어라."

"네."

무슨 일인지 궁금하긴 했다. 그렇다고 묻기도 애매해서 그냥 욕실에 들어가 손을 씻고 나와 자리를 잡았다.

"잘 먹을게."

강현의 말에 리안이 어설프게 웃었다.

모처럼 집안이 북적거렸다. 다들 무슨 할 이야기가 많은지 대화가 끊이질 않았다. 리안이 사는 거라 그런지, 대개는 리안에 대한 안부였다.

그러던 차에 이선화가 강현에게 물었다.

"현아, 로스쿨 준비는 잘되어가?"

"여보. 어련히 알아서 잘할까."

"이이는… 묻지도 못해요?"

강창석의 핀잔에 이선화가 곱게 눈을 흘겼다.

"저, 드릴 말씀이 있는데요."

이렇게 된 거 지금이 말하기엔 좋았다.

"저 사법고시에 합격했습니다."

"응?"

바쁘게 움직이던 젓가락이 일제히 멈췄다. 와중에 무슨 소리인지 전혀 모르는 리안과 샤를의 포크만이 입에 들어갔다가 나왔다.

"최종 합격했습니다. 내년 봄에 사법연수원에 들어가게 될 거예요."

"무슨 소리냐?"

"사법고시라고?"

"오빠, 검사되는 거예요?"

부모님은 물론이고 하윤이마저 놀라 물었다. 이혜정은 그럴 줄 알았다는 표정이, 강현이 사법고시 준비하는 것을 알았던 모양이다.

"죄송합니다. 그간 로스쿨을 준비한 게 아니라 사법고시 준비 중이었어요. 결과가 나오기 전에는 말씀드리기 뭐해서 지금까지 비밀로 하고 있었습니다."

강현은 이혜정을 바라보며 슬며시 웃어주었다. 그녀가 눈치채고 있었는데도 불구하고 그동안 모른 척해 주었다는 것을 강현은 알고 있었다.

"가만. 아들, 진짜지? 거짓말이나 몰래카메라, 뭐 그런 거 아니지? 오늘 만우절이니?"

"여보. 진정해."

"아냐, 이럴 때가 아니야."

강창석도 놀라긴 마찬가지였다. 애써 마음을 가라앉히고 가장으로서 침착성을 유지하려 했다.

그러나 이선화는 아니었다.

"여보세요? 응, 나야. 이 시간에 무슨 일은. 그냥 우리 아들이 사법고시 합격해서 전화해 봤어. 응, 그래. 판검사 되는 그 사법고시. 거짓말은, 애. 내가 그런 걸로 거짓말하겠니?"

그리고 그녀의 자랑질이 시작되었다.

"거 참."

강창석이 곤란한 표정을 지으면서도 딱히 말리지는 않았다. 그도 사실 자랑하고 싶은 마음은 굴뚝같았다. 벌써부터 내일 출근하면 뭐라고 운을 뗄까 고민이 되었다.

어쨌거나 아들이 장한 일을 했다. 그는 자리에서 일어나 장식장을 열고 술을 한 병 꺼냈다.

로얄살루트 38년산.

해외 여행을 다녀오면서 면세점에서 산 고급 위스키다. 집 안에 경사가 있을 때 마시려고 아껴두었던 것을 강창석은 거침없이 개봉했다.

"한 잔 해라."

공손히 잔을 받는 아들의 모습에 흐뭇하게 웃던 그는 순간 당황하고 말았다. 자신을 바라보는 눈동자들 때문이다.

이 중에 술을 안 마시는 사람은 이선화뿐이었다. 다른 녀석들은 눈을 빛내고 있었다.

아깝다. 시중에서 구입하려면 100만 원이나 하는 건데. 그래도 어쩌랴. 오늘처럼 즐거운 날에는 아낌없이 베풀어야 하는 법이다.

속이 약간 쓰리지만 어쩔 수 없다. 강창석은 손수 위스키 잔을 꺼내 하나씩 나눠주었다.

"여보, 저는요?"

이선화도 빠질 수 없다고 생각했는지 잔을 챙겨온다. 거기에도 술을 채워준 후에야 강창석은 잔을 들 수 있었다.

"아들. 고생했다."

"축하해!"

"미래의 검사를 위하여!"

모두의 잔이 부딪혔고, 로얄살루트는 그날 운명을 다했다. 강창석은 빈병을 끌어안고 거실에서 잠이 들었다고 한다.

＊　　　＊　　　＊

형이 드디어 검사의 길에 들어섰다. 물론 최종적으로 연수원을 나와 정식 임관을 해야 한다지만, 형이라면 잘해낼 것이었다.

그래서 강산은 자그마한 선물을 해주기로 했다.

"이건?"

형을 이끌고 온 곳은 자동차 영업소였다. 부모님은 돈 허투

루 쓰지 말라고 하셨지만, 사법고시를 패스한 형에게 이 정도 쓰는 건 마음대로 하고 싶었다.

부모님이 아시면 뭐라고 하실지도 모른다. 그래도 이번만 큼은 물러서기 싫었다.

"산아, 이건 좀."

강현도 차를 끌고 다니고 싶긴 하다. 그리고 이왕이면 좋은 차를 갖고 싶은 것은 누구나 가지고 있는 생각이다.

하지만 페라리는 좀 그렇지 않은가?

눈앞에 있는 차는 페라리 458 스페치알레였다. 최고 시속 325km에 3초 만에 100km를 낼 수 있는 수퍼카다.

"이 정도는 끌고 다녀야지. 신형이 아니라 그래? 아예 최신형으로 할까?"

스페치알레는 최신형은 아니었다. 최신형은 부담될까 봐 그보다 아래 차종을 권한 거였다. 그게 그거란 걸 깨닫지 못하고 있었지만 말이다.

"일개 검사가 이런 차를 끌고 다니면 욕해. 그냥 국산차로 하자."

과거 검사가 벤츠를 몰고 다닌다고 욕을 먹은 적이 있었다. 그때는 금품수수 의혹과 맞물려 지탄의 대상이 되었던 거지만, 어쨌거나 검사가 이런 차를 끌고 다닌다면 구설수에 오를 수도 있었다.

하지만 강산의 생각은 달랐다.

"형은 현장에서 뛰는 검사를 할 생각 아니야? 그렇다면 이 정도는 끌고 다녀야지."

금강현마공으로 인해 강현의 몸속에는 30년의 내공이 쌓여 있었다. 딱히 다른 무공을 가르치진 않았지만, 그 정도면 자신처럼 환생한 고수들 외에는 다치게 만들기도 쉽지 않았다.

한 줌의 내공이라도 있는 것과 없는 것의 차이는 크다. 내공이 있음으로 해서 잔병치레도 하지 않게 되고 육체는 강건해지며 자연치유력 또한 높아진다.

거의 지치지 않는 체력까지 갖추게 되니 형사들에게 모든 걸 맡겨두고 서류나 보지는 않을 것이었다.

"그렇지만 이건 너무 과해."

강산이 작게 한숨을 쉬었다.

"알았어. 그럼 이렇게 하자."

"어떻게?"

"차를 두 대 사지 뭐."

슈퍼카 한 대, 국산차 한 대.

까짓것, 내년 초에 리안과 리매치를 벌이면 될 일이다.

이왕 하는 거, 쓸 때는 확실하게 써야 한다. 강산은 며칠 뒤에 이서경을 찾았다.

"집 좀 알아봐 줘."

"집?"

"큰 걸로."

부모님과 함께 살고 있는 아파트도 나쁘지는 않았다. 32평 아파트는 네 식구 살기에는 충분한 크기였다. 하지만 형한테만 몇 억을 쏟아 붓고 입 닦으면 아버지는 몰라도 어머니는 서운할 수가 있었다.

"어느 정도나?"

"차가 다섯 대야."

부모님 차 두 대와 자신의 차 한 대, 그리고 곧 올 형의 차두 대까지 모두 댈 수 있는 주차장을 갖춘 집.

자신이 알아보려면 귀찮기도 했고, 이런 규모의 집을 찾는 것은 있는 집 딸내미인 이서경이 적격이었다. 아는 인맥도 자신보다는 많을 테고 말이다.

"그리고 리안과 리매치 일정도 잡아줘."

지름신은 리안을 희생양으로 삼으라 말하고 있었다.

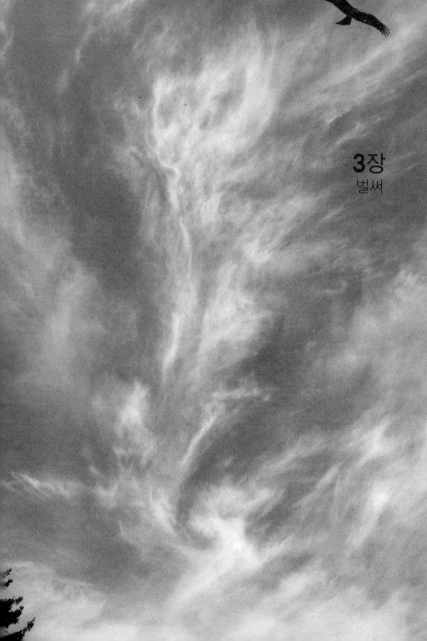

3장
벌써

겨울, 하늘에서 옅은 눈이 내리고 있었다.

성북동에 위치한 고급 주택가에 볼보 SUV 한 대가 눈을 맞으며 들어섰다. 차가 한 고급 저택 앞에 서자 주차장의 문이 서서히 위로 올라갔다.

주차장 안은 넓었다. 대형 세단 7대 정도는 넉넉하게 세울 크기였다.

차문이 열리고 내려선 것은 이선화였다.

"여긴 어디니?"

강산은 첫눈이 내리자 기회다 싶어서 가족들을 차에 태우고 새로 계약한 집으로 데려왔다. 물론 새로 산 집으로 간다는 소리는 하지 않았었다.

하지만 이제는 할 때였다.

"제가 부모님께 드리는 선물이요."

"선물?"

"이 집, 이제 우리 거예요."

"집? 너 설마⋯⋯."

올 것이 왔다. 강산은 곧이어 닥칠 어머니의 잔소리를 대비하여 내공으로 귀를 살짝 막았다.

"네. 제가 구입했어요. 좀 더 좋은 집에 어머니랑 아버지를 모시고 싶어서요."

두근, 두근.

심장이 뛰었다. 화가 난 어머니의 목소리는 모 가수의 삼단고음 저리가라다. 어지간해서는 그러지 않으시지만, 제대로 소리를 지르시면 유리잔 정도는 우습게 깨버릴지도 몰랐다.

그래서 음공의 고수를 상대하는 마음으로 비장의 각오를 다졌다. 내공까지 동원해서.

"산아, 내 아들."

하지만 어머니의 삼단고음을 넘은, 천하제일 고수마저 긴장케 한 잔소리 신공은 발휘되지 않았다. 오히려 어머니는 감격한 눈으로 아들을 바라보았다.

"여보. 뭐해요? 빨리 나와 봐요."

강창석은 이미 성북동에 들어서면서부터 느끼고 있었다. 강산, 이 녀석이 제대로 사고를 쳤다고.

그러나 그 사고가 싫은 것은 아니었다. 그도 아들이 자신들을 생각해서 좋은 집을 샀다는 것에 대단히 가슴이 벅찼다. 세상 어느 부모가 있어 이런 아들을 뒀을까?

"커흠!"

크게 헛기침을 하며 차에서 내린 그는 찬찬히 주차장을 둘러보았다. 그런데 주차장에는 자신들이 타고 온 차만 있는 것이 아니었다.

"산아, 저 차들은?"

지름신은 부모님의 차마저도 외제차로 바꾸게 만들었다. 아버지는 볼보 S90 대형세단으로, 어머니는 볼보 XC60 준중형 SUV로 샀다.

"차도 바꾸실 때 됐잖아요."

부모님은 결혼할 때 장만하신 혼수를 아직도 쓰고 계셨다. 집만 장만하셨지, 나머지는 아끼고 아끼신 것이었다. 끌고 다니시는 차도 어머니는 20년이 다 된 차였고 아버지는 회사차를 타고 다니셨다.

강산은 자신이 돈을 벌기 시작한 이상, 그런 부모님께 이 정도는 당연히 해드려야 한다고 생각했다.

"너 정말."

강창석은 할 말이 없었다. 아무렇지도 않게 감당하기에는 너무 큰 선물을 받고 보니 옳다, 그르다를 따질 여력도 생기지 않았다.

하지만 어머니는 위대하다고 했던가? 이선화는 아무 말 못하는 강창석과는 달랐다.

"그래, 우리 아들. 제대로 효도하는구나. 이왕 효도 받는 김에 제대로 받자."

"더 필요한 거 있으세요?"

"일단 집부터 봐야지."

어머니의 말에 강산은 가족들을 집으로 안내했다.

이미 한 차례 전문가에게 맡겨 인테리어를 손 본 상태였다. 가족들은 집안을 둘러보며 연신 감탄하기 바빴다.

"서재구나."

"헬스장도 있어?"

"욕실에 스파까지……."

"이건 찜질방이야?"

부모님을 위해 거의 모든 것을 갖췄다. 강산은 뿌듯한 마음에 절로 웃음이 지어졌다.

하지만 어머니는 마냥 좋아하지는 않으셨다. 분명한 취향이 있으셨고, 그 취향은 주방을 보았을 때 드러났다.

"잠깐. 산아."

"네?"

"주방은 좀 바꾸자."

"주방이요?"

"엄마한테는 주방이 제일 중요해. 알지?"

집을 구하는데 있어 여자들이 가장 까다롭게 보는 곳 중의 하나가 바로 주방이었다. 그렇지 않다고 하더라도 어머니가 원하시는데 바꾸지 않을 이유는 없었다.

"알았어요. 인테리어 업체 부를 테니까 어머니가 원하시는 대로 하세요."

이선화는 흡족한 표정으로 말을 더했다.

"그래. 그리고 이왕 쓰는 김에 더 써라."

"말씀만 하세요."

"TV도 큰 걸로 하자. 한 100인치짜리로. 냉장고도 예쁜 거 나왔더라. 김치냉장고도 새로 하고."

"얼마든지요. 아버지는 뭐 필요한 거 없으세요?"

전생에서 그토록 고생시켰던 부모님이었다. 이번에는 원하시는 거라면 뭐든 해드리고 싶었다.

"글쎄."

"이이는. 산아, 너희 아버지 요즘 골프 치신다."

"골프요?"

"그래. 정원 넓잖아. 거기에 간이 골프 연습장 하나 만들어 드려."

"네, 알겠어요."

강산이 번 돈이 1,000억이 넘었다. 집값이 90억 정도, 차와 이것저것 해서 20억 정도가 들었다. 그리고 돈은 지금도 꾸준히 불어나고 있었다. 이서경을 통해 대하금융 자산관리팀에 맡겼기 때문이었다.

"형도 필요한 거 있으면 말만 해."

그해 겨울, 강산의 집안은 한바탕 태풍이 불었다.

쇼핑 태풍.

그 시각, 리안은 자신의 집에서 무언가를 준비하고 있었다. 그의 등 뒤에는 강산이 준 용 모양의 초콜릿이 있었다.

"날 독살하려 하다니."

강산에게 받은 초콜릿은 정말 먹기 아까웠다. 그래서 한동안 특별히 주문한 냉장 장식장에 보관해 두다가 맛이 궁금해서 조금 떼어내 먹어보았다.

당분이 전혀 함유되지 않은 99% 카카오.

몸에 좋다고 선물을 받았던 쓰디쓴 한약의 추억을 되살려 주었다. 마치 그 한약의 가장 쓴 찌꺼기들만 모아 만든 거 같은 맛이었다. 그래서 리안은 이를 갈며 답례를 준비 중이었다.

그도 그럴 것이, 세계적으로 유명한 초콜릿도 카카오만으로 초콜릿을 만들지는 않았다. 과하지도 덜하지도 않은 달달한, 한 번 입을 대면 계속 먹고 싶게 만드는 마약과도 같은 고급 초콜릿이 많았다.

리안이 생각한 건 그런 초콜릿의 맛이었다. 카카오의 풍미와 기분 좋은 달콤함을 잔뜩 기대했는데 인생의 쓴맛을 느끼게 하다니.

어쨌거나 그렇다고 해서 나쁜 걸 줄 수는 없었다. 그래서 그가 준비하는 것은 바로…….

"이게 그렇게 쓰다 이거지."

예능 프로그램에 이따금씩 등장하는, 특별 주문한 총명탕이었다.

리안은 그걸 예쁘게 포장하고 있었고, 샤를은 뒤에서 걱정스런 눈빛으로 리안을 바라보고 있었다.

'마스터가 이상해지셨어.'

유치해졌다, 샤를은 차마 그렇게 생각할 수는 없었다.

*　　　*　　　*

새로운 집으로 이사를 하고 집들이를 했다. 정원도 넓은데다 취향대로 완벽하게 꾸며진 주방 덕에 이선화는 한껏 요리 솜씨를 발휘했다.

수많은 사람이 정원에서 식사를 하며 담소를 나누었다. 막상 부르다 보니 상당한 숫자가 모여 숫제 외국의 파티처럼 되어버렸다.

그렇다 보니 이선화 혼자 모든 것을 감당할 수는 없었다. 그래서 그녀를 돕기 위해 신하윤과 이서경, 이혜정, 샤를이 나섰다.

'제법인데?'

신하윤은 본래 집안일을 곧잘 하는 아이였다. 오늘도 하윤이 상당부분 일을 도맡아하고 있었다.

이혜정도 의대를 다니고 있다지만, 그동안 해온 것이 있어서 잘하고 있었다.

의외였던 것은 이서경과 샤를이었다.

이서경은 재벌가의 딸이다. 직접 요리하고 청소하는 일들을 해봤을 리가 없다고 생각했다. 그런데 생각보다 능숙하게 일을 돕고 있었다.

샤를도 마찬가지였다. 그녀는 외국의 요리를 도맡아하고 있었다. 처음 보는 요리도 꽤 많았다.

이선화는 네 사람과 함께 준비면서 아쉬움이 느껴졌다.

'며느리로 들여야 하는데.'

이혜정이야 별 문제가 없었다. 강현과 잘 지내고 있으니 나중에 날만 잡으면 될 거 같았다.

문제는 신하윤과 이서경이었다.

예전에 민수로부터 들은 이야기가 있었다. 이서경이 강산을 좋아하는 것 같다는 말이었다. 그저 대수롭지 않게, 말도 안 된다고 생각하고 넘겼었는데, 지금까지 지켜본 바로는 여자의 직감이 말해주고 있었다.

이서경, 저 아이도 강산을 좋아하는 것이 분명하다고 말이다.

조건을 따지자면 이서경과 신하윤은 비교조차 되지 않는다. 평범한 집안의 신하윤과 재벌가의 딸인 이서경은 격차는 상당했다.

더구나 이서경은 강산이 편하게 스포츠 활동을 할 수 있도록 모든 것을 책임지고 지원하고 있었다.

물론 하윤이도 아들의 전담매니저로 일하고 있다지만, 그 소속 회사의 사장이 결국 이서경이었다.

"에휴……."

생각하자니 한숨만 나온다. 둘 다 며느릿감으론 욕심이 난다. 하지만 둘 다 얻을 수 없다는 사실이 마음을 무겁게 했다.

"어머니?"

이서경이 한숨 소리를 들었는지 쳐다본다. 이선화는 아무것도 아니라고 말하며 웃어주었다.

"무슨 걱정 있으세요?"

어렸을 때부터 봐오던 하윤은 이선화의 마음이 불편한 것을 느꼈나 보다. 걱정스런 눈빛으로 쳐다보는데, 그 눈빛을 보자니 어쩐지 미안한 마음이 들었다.

'그래. 하윤이가 산이 옆에서 얼마나 오랫동안 잘해왔는데.'

새삼 이서경과 비교를 했다는 죄책감이 고개를 들었다. 어렸을 때부터 며느릿감으로 점찍어둔 아이가 하윤이었다. 그런데 그걸 뒤로하고 이서경과 저울질을 하다니.

"아니다, 아니야. 괜찮으니까 어서 일이나 하자. 조금 피곤해서 그래."

"어머니, 피곤하시면 들어가서 쉬세요. 저희가 알아서 할게요."

"그래요, 어머니. 음식도 충분하니까 걱정 마세요."

살갑게 구는 아이들을 보니 마음이 찡하다. 그래도 어쩔 수가 없다. 서경이에게는 미안한 일이지만, 자신은 하윤의 편을 들어야 했다.

선택이야 아들이 할 것이다. 그러나 산이를 누구보다 잘 아는 것이 어머니인 자신이다. 아마 자신이 하윤을 며느리로 들이고 싶다 하면 그렇게 할 가능성이 높았다.

"못된 녀석."

"네?"

하윤과 서경이 눈을 동그랗게 뜨고 바라봤다. 이선화는 고개를 흔들며 다시 음식을 만드는데 집중하기 시작했다.

모처럼 강산의 친구들이 모두 모였다. 민수와 대식이는 물론이고 지겸이까지 자리한 집들이는 즐거웠다. 그리고 그 사이에 리안도 함께하고 있었다.

"참, 산아."

"응?"

"내가 널 위해 준비한 게 있다."

"뭔데?"

리안은 고급스럽게 포장한 총명탕을 꺼냈다.

"이거 운동선수한테 굉장히 좋은 거라고 해서 내가 특별히 포장까지 했다."

"좋은 거?"

"그래. 한약인데 하나 먹어봐. 바로 효과가 올 걸?"

"이런 걸 왜?"

강산의 눈이 무심하게 리안을 쳐다보았다. 그 눈빛이 마치 자신의 마음속을 들여다보는 것만 같아서 리안은 슬쩍 시선을 피하며 말을 돌렸다.

"선의의 경쟁을 위해서다."

선의의 경쟁이라. 솔직히 경쟁 상대라고 할 수는 없었다. 강산의 경쟁 상대가 되려면…….

'지겸이 정도는 되어야지.'

정확하게 확인해 봐야 알 일이지만, 한지겸은 이미 중원에서의 무공 수위를 거의 다 따라잡은 것으로 보였다. 저 정도라면 지금 강산의 경지로도 쉽게 생각할 수 없는 상대였다.

어쨌거나 위해서 가져왔다니까 먹어줘야겠지.

강산은 포장을 뜯으며 물었다.

"초콜릿은 맛있었어?"

기습과도 같은 강산의 질문에 리안은 당황하고 말았다. 잠시 우물쭈물하는 그를 보니 그저 웃음만 나왔다.

'유치한 녀석.'

그게 얼마나 쓴지 강산은 잘 안다. 만들었는데 안 먹어봤을 리가 없다. 분명 쓴 초콜릿에 대한 소심한 복수겠지.

"어, 응, 그래. 맛있었지."

애써 대답하는 그를 향해 다시 한 번 웃어준 강산이 끝을 뜯어낸 파우치를 입에 대고 단숨에 꿀꺽꿀꺽 마셨다.

리안은 그런 강산을 보며 기대에 찬 눈빛을 보냈다.

쓴맛을 봐라, 그리고 몸부림 쳐라!

하지만 강산은 그의 기대에 부응해 주고 싶은 마음이 눈곱

만치도 없었다.

"흐음. 괜찮은데?"

그리 말하더니 오히려 하나를 더 뜯어서 마신다.

"뭐야, 좋은 걸 혼자 먹어? 나도 하나 줘봐."

지겸이 끼어들며 파우치 하나를 빼앗아 뜯더니 마셨다.

"오, 이거 총명탕 아니야? 가짜가 많다던데, 이건 진짜 같은데?"

리안은 두 사람의 반응에 벙찐 표정이 되었다.

얼마나 쓴지 하나를 뜯어 살짝 맛만 보았었다. 그리고 그 감상은 '죽을 뻔했다'란 말로 당시를 회상할 수 있었다.

한국인이라면 누구나 한 번쯤은 한약을 먹어보게 마련이다. 특히 수험생들에 대한 부모님의 지극정성은 대단했다.

더구나 강산이나 지겸은 중원의 고수였다. 약에 관해서는 여러모로 경험이 많은 그들에게 총명탕의 쓴맛은 그다지 대단한 것도 아니었다.

"내 99%의 복수가……."

리안의 중얼거림, 강산은 그의 어깨를 가볍게 토닥여 줬다.

"하나 줄까?"

파우치를 내밀자 인상을 팍 찡그린 리안은 그대로 몸을 돌렸다.

"어디가?"

"화장실 간다!"

씩씩거리며 멀어져 간다. 생각보다 귀여운 구석이 있는 녀석이었다.

"재밌네. 그런데 99%가 뭐야?"

"하나 줄까?"

"아니."

지겸은 말이 떨어지기 무섭게 쿨하게 거절했다. 입에 쓴 약이 몸에 좋다는 말이 있다지만, 필요도 없는 거 일부러 찾아먹을 필요는 없다.

"뭔데? 먹는 거면 좀 주던가."

대식이 달라는 말에 강산은 고개를 끄덕였다. 쓴맛을 보겠다는데 굳이 말릴 이유가 없었다. 그런데 꿀을 첨가하지 않은 게 남아 있으려나 모르겠다. 없으면 만들어서라도 줄 생각이다.

짧은 해프닝을 뒤로하고 이런저런 이야기를 나눴다. 민수는 박사 학위까지 바라보고 있다고 하고 대식이는 차분하게 프로 데뷔를 준비하고 있었다.

민수가 박사를 노리고 있다는 건 의외였다. 눈치도 없고 노는 것만 좋아하던 녀석이 공부에 재미가 붙을 줄은 몰랐다.

대식은 지난 올림픽에서 금메달을 목에 걸었다. 그 덕에 군대의 면제는 받았지만, 차후 2년 10개월간을 아마추어선수로 생활하거나 코치, 감독 등으로 지내야 했다. 그래서 프로 데뷔가 늦춰진 상태였다.

지겸이야 뭐, 한량 노릇하고 있단다. 정치권에 입문할 생각도 하지 않고 그저 여기저기 여행을 다니는 중이었다.

"민수라고 했지?"

"응."

"카이스트는 어때? 진짜 매일 연구만 하고 그래?"

지겸은 민수에 대해 호기심이 생겼다. 카이스트는 소위 말하는 천재들이 간다는 대학이다. 일반 대학과 얼마나 다를지 궁금했다.

"멋 부리고 놀면 바로 학고지."

"응?"

"신입생 때부터 전쟁 시작이야. 파릇파릇한 모습은 1학기 때 반짝이랄까. 학점테러 한 번 당하고 나면 새내기는 사라지고 3, 4학년밖에 안 남아. 다들 찌들지."

미팅, 소개팅, CC, 기타 여러 썸씽 등등등. 대학을 가면 대개 연애를 해보겠다거나, 캠퍼스 낭만이라 하여 맛집도 찾아다니고 동기들과의 여러 추억 쌓기를 꿈꿔본다.

하지만 막상 대학을 가면 꿈과 환상이 무너진다. '3년만 버텨라', '대학가서 놀면 된다' 라는 부모님의 말은 거짓임이 드러나고, 꿈대로 놀다간 복구하기 힘든 학점에 휴학하거나 군대를 가야 할지도 모른다.

현실은 시궁창이라던 명대사가 떠오를 지경. 특히나 카이스트는 그 수준이 매우 격했다.

"시험도 거의 매일 보고, 세미나에 숙제에 뭐에… 하루를 놀면 그 여파가 한 달은 가나? 암튼 좀 그래."

괜히 카이스트 학생의 자살이 이슈가 된 것이 아니었다. 그만큼 경쟁이 치열했고 그들이 받는 압박감의 크기는 상상을 초월할 지경이었다.

"고학년이 되면 각종 연구 프로젝트에도 많이들 참여해. 나도 이번에 뇌신경조직의 재활과 구성 및 보조에 관한 프로젝트를 하고 있고."

"뇌신경조직이면 생명공학 쪽 아닌가? 넌 전자공학 쪽이라고 했잖아?"

지겸이 듣기로 민수의 전공은 전자공학이었다. 로봇이나 기기설비 관련 프로젝트 참여는 몰라도, 생명과 관련된 일에 참여하는 일은 의외였다.

"큰 프로젝트는 여러 학과에서 공동으로 진행하기도 해. 이번 프로젝트는 좀 많이 커서. 자연, 생명, 공과, 정보까지 거의 모든 학과에서 탑을 달리는 학생들이 대거 참여하거든."

"너도 거기 참여했다고?"

"어. 내가 좀 잘하거든."

민수의 콧대가 높아졌다. 그는 학과에서도 인정받는 엘리트였다. 정보과학기술대학 전체 수석과 차석을 오가는 성적을 유지했다.

잘한다는데 뭐라 할까. 지겸은 그저 고개를 끄덕여 줄 뿐이다.

"그래서, 그게 무슨 프로젝튼데?"

"육체적으로 완전히 사망한 사람의 신체 활동을 정상화시키고 기억까지 되살리는 뭐, 그런 거?"

"죽은 사람을 살린다는 거야?"

"살리는 거랑은 다르지. 그래서 거의 모든 학과에서 참여하는 거고. 설명하자면 복잡한데, 할까?"

오랜만에 만나니 입이 근질거리는 모양이다. 민수의 눈빛은 하라고 해줘, 해줘, 해줘라는 것만 같았다. 아마도 허락하면 별의별 용어를 구사하며 모두의 머리만 아프게 할 것이 뻔했다.

"설명은 됐고, 그래서 그걸로 뭘 하는지만 간단하게."

민수는 아쉬운 얼굴로 입맛을 다셨다.

"뭐, 일례로 루게릭이나 파킨슨병의 완치를 기대할 수 있는 거지. 죽은 신경조직 같은 걸 되살리거나 그에 준하는 상태로 만드는 연구거든. 아…….”

말을 하던 민수의 얼굴이 딱딱하게 굳었다.

“이건 비밀이다.”

“비밀?”

“극비 프로젝트거든. 야, 절대 다른 사람한테 말하면 안 된다? 응? 알았지?”

어렸을 때부터 눈치도 없고 입이 가벼운 민수였다. 밖에서는 어떨지 모르겠지만, 강산과 친구들만 만나면 주절주절 잘도 떠들었다.

대식이는 이미 신경이니 뭐니 말이 나오자 저만치 멀어져 있었다. 듣고 있는 사람은 강산과 한지겸뿐인 것이 그나마 다행이었다.

강산의 입이야 무겁다는 것을 잘 안다. 그러나 지겸은 알게 된 지 얼마 안 되는 친구였다. 민수는 지겸의 팔을 붙잡고 울상을 하며 오히려 강산을 바라보았다.

“지겸은 입 싼 놈 아니야.”

강산이 말해주자 그제야 안도의 한숨을 내쉬며 팔을 놓는다. 그걸 보는 지겸이 기가 막힌다는 얼굴이 되었다.

“산이가 무슨 교주냐? 저 녀석이 말하니까 안심하네?”

“산이는 허튼소리는 안 하거든. 그리고 무엇보다 자신이 한 말에 책임을 지는 친구니까.”

강산이 그렇다고 하면 그런 거다. 거기에 문제가 생기면 그가 책임을 지고 해결했다. 어렸을 때부터 알고 지내다 보니 그에 대한 믿음은 확고한 민수였다.

"웃기는 녀석이네."

지겸은 고개를 흔들며 차려진 음식에 손을 뻗었다. 따지자면 자신도 강산을 교주처럼 떠받들긴 했다.

강산에게는 절대자의 기도 외에도 묘하게 사람을 끌어당기는 매력이 있었다. 적이라 하더라도 함께 위기에 빠지면 언제든지 등을 맡길 수 있는 그런 믿음을 주는 친구였다.

중원에서 그런 사람은 흔치 않았다. 토사구팽이 성행할 정도로 엉망이었던 그 시절에는 함부로 등을 보였다가는 뒤에서 칼이 날아왔다.

"뭐하고 있었어?"

메인 요리가 다 나왔는지 신하윤과 이서경이 나왔다. 뒤에 사람들과 인사를 나누는 강산의 어머니도 보였다.

지겸이 퉁명스레 말했다.

"민수의 비밀 프로젝트 이야기."

"비밀?"

남의 비밀에 대해 호기심을 가지는 것이 사람이다. 그러다 보니 두 여자의 눈에도 궁금증이 가득했다.

민수의 얼굴이 사색이 되었다.

"지겸아!"

"김민수."

"응?"

"족보가 좀 꼬이긴 했는데. 산이가 내 친구라고 너까지 친구는 아니잖아. 그치?"

"지겸이 형!"

강산이 친구로 인정했으면 자신에게도 친구다. 그렇기에 그냥 골려줄 생각으로 말했는데, 곧바로 형이라고 한다.

'뭐 이런 녀석이······.'

자존심이 있다면 우물쭈물하며 당황스러워 해야 정상이다. 그런데 민수는 고민도 없이 말했다.

이러면 안 된다. 이러면 누군가에게 빌미를 제공하고 만다.

"그래? 그럼 지겸아. 너도 나 누나라고 해야지."

바로 이서경이다.

강산과 자신에게 누나라고 부르라는 것을 은근슬쩍 무시하고 있었다. 겨우 조용히 지내나 했는데, 그걸 스스로 무너트린 셈이었다.

"야, 민수야. 농담이다, 농담. 한 번 친구는 영원한 친구지. 안 그래?"

어색하게 웃으며 말을 돌리는 지겸의 모습이 어쩐지 민수와 겹쳐 보이고 있었다.

"아들 하나는 참 잘 두었어."

이번 집들이에는 거의 모든 지인을 한 번에 불렀다. 그렇기에 천종설 또한 강창석의 초대로 집들이에 참석했다.

본래는 한창 강시의 제조 때문에 바빠야 했지만, 강창석이 강산의 아버지이기에 없는 시간을 쪼개서 온 참이었다. 천하제일인의 동향이 궁금했기 때문이었다.

"별말씀을요. 그나저나 요즘 많이 바빠서서 못 오실 줄 알았는데, 이렇게 와주셔서 감사드립니다."

"아니야. 당연히 와야지."

담소를 나누며 천천히 집들이를 즐기던 천종설의 눈이 빛난 것은 민수와 지겸이 한창 대화를 나눌 때였다.

'이거 참.'

뇌신경조직의 재활과 구성 및 보조에 관한 프로젝트.

그도 알고 있는 프로젝트였다. 이 프로젝트가 시작된 이유가 그가 만든 강시 때문이었으니까.

강시의 매커니즘을 연구하기 위해 시작된 프로젝트다. 프로젝트의 주요 연구원 몇이 기관의 감시하에 강시의 데이터를 뽑으면 그걸 가지고 분석하는 일이었다.

물론 성과는 미미했다. 결과를 가지고 과정을 유추하는 일이 그리 쉬울 리가 없었다. 그런데 그 연구에 참여한 사람 중의 한 명이 강산의 친구라니.

'조심해야겠어.'

중원의 고수들은 강시를 매우 싫어했다. 자신이 죽은 후에 강시로 만들어질 수도 있다는 사실 때문이다.

명예의 실추.

자신의 이름에 대단히 큰 자부심을 가진 고수의 입장에서 그것은 피해야만 할 일이었다. 누군가의 꼭두각시로 조종당하는 것은 죽은 후에라도 용납할 수 없는 일이었다.

그래서 강시술사들이 홀로 돌아다니거나 대놓고 돌아다니지는 못했다. 고수들의 눈에 보이면 보이는 족족 죽임을 당하는 일이 비일비재했기 때문이다.

천종설이 강산의 눈치를 살피는 것도 그 때문이었다. 그가 자신이 강시를 만들고 있다는 사실을 알면 어떻게 행동할지 알 수가 없었다.

그런데 그의 친구가 관련된 일에 연관되어 있다니, 아무래도 조심에 또 조심을 하거나 최악의 경우에는 프로젝트를 정리해야 할지도 몰랐다.

*　　　*　　　*

전생에 모든 것을 잃었던 강산. 그는 지금의 삶이 매우 만족스러웠다.

가족과 친구들이 있었고 세계적인 스타가 되었다. 집도 사고 차도 사고 남부러울 것 없는 삶이었다. 가끔 CF를 찍고 세계 대회에 출전하는 정도만 해도 상당한 돈이 들어왔다.

리안이 리매치를 하자고 조르는 일은 뭐, 봐줄 만하다. 녀석은 누가 뭐래도 돈덩어리다. 리매치 파이트머니는 로또 1등에 비할 바가 아니었으니까.

최근에는 가족들과 새로운 취미 생활을 영위하고 있었다. 바로 게임이었다.

특히 어머니인 이선화 여사와의 대결은 항상 흥미진진했다. 게임하랴, 꼬집기 신공 피하랴. 질 것 같으면 옆구리로 치고 들어오는 엄지와 검지가 고수의 손놀림 저리가라다.

승부에 있어서는 봐주는 법이 없는 강산이다. 그건 가족이라도 예외는 없었다. 어머니의 온갖 훼방에도 지금까지 진 적이 없었다.

"아들! 너무한 거 아니야?"

"뭐가요?"

"어떻게 한 번을 안 져 주니?"

"승부의 세계는 냉정한 법입니다."

이선화의 눈꼬리가 하늘 끝으로 솟구쳐 올라갔다.

자식이라지만, 이럴 때에는 원수가 따로 없다. 대결이란 말만 들어가면 그것이 무엇이든 져주는 법이 없었다.

그게 나쁘다는 건 아니다. 이기지도 못할 거 온갖 꼼수와 억지를 부려 이기는 것도 아니니까. 항상 순수하게 실력만으로 승리하는 일은 칭찬해 마땅하다.

강산이 손을 내밀었다. 이선화는 꿍, 소리를 내며 지갑을 꺼냈다.

"잘 쓰겠습니다."

"돈도 많은 녀석이."

"어머니한테 받는 용돈이 제일 기분이 좋아서요."

이선화가 풀썩 웃었다.

게임에서 이기는 사람이 지는 사람한테 용돈을 주는 내기였다. 액수가 크지는 않았지만, 거의 매일하다 보니 한 달에 30만 원은 빼앗아 간다.

물론 강산이 버는 돈, 가지고 있는 돈이 더 많았다. 그래도 부모 마음이란 그런 거다. 자식에게 용돈을 주는 일도 소소한 부모의 즐거움 중 하나였다.

'맞아.'

그리고 또 다른 즐거움이 하나 남아 있다. 아직은 좀 더 미뤄두고 싶었지만, 이선화는 이제 때가 되었다 싶었다.

"산아."

"네?"

"우리 아들, 효자지?"

분위기가 묘하다. 이럴 땐 피하는 게 상책이다.

"효자긴 한데, 그 효자 할 일이 생각났사옵니다. 이만 퇴청하겠⋯⋯."

뒤로 물러나는 강산의 손을 양손으로 꽉 붙들었다. 피하자면 피할 수도 있었지만, 어머니의 손을 매몰차게 뿌리치지 못하는 강산이었다.

"내 우리 아들에게 긴히 청할 것이 있나니, 좀 기다리거라."

어머니, 손잡고 꾸부정한 자세로 말씀하시면 전혀 근엄하지 않사옵니다.

강산은 사극 흉내를 중단하고 바로 앉았다.

"무슨 일이신데요?"

이선화가 아들의 손을 쓰다듬었다. 듬직하고 믿음직스러운 아들, 이제는 품에서 떠나 훨훨 날갯짓을 하는 아들.

더 이상 품에 보듬을 수 없을 만큼 커버렸다. 아쉽기도 하고 섭섭하기도 했다.

그러나 방법이 없는 건 아니었다.

"아들."

"네."

"엄마도 이제는 할머니가 되고 싶다."

"……."

명석한 강산이라도 수십 초가 흐르고 나서야 이해가 되었다.

"어머니. 소자……."

"기각!"

단호하게 말을 끊어내시더니 선언하신다.

"내년까진 날 잡자."

*　　　*　　　*

강산과 강현이 잘 꾸며진 정원에 나란히 서서 밤하늘을 올려다보았다. 날씨가 맑아서 그런지 드문드문 보이는 별들과 웃음기 섞인 초승달이 두 사람을 비추고 있었다.

웃음기 섞인 초승달이 맞다. 적어도 두 사람은 그렇게 느끼고 있었다.

"산아."

"응."

"그러게 좀 져드리지."

집에 돌아온 강현은 동생과 함께 부모님 앞에 앉았다. 그리고 어머니의 폭탄선언을 들어야 했다. 강산과 함께 내년에는 결혼할 준비를 하란 것이다.

상대는 이혜정과 신하윤. 어머니는 이미 두 사람을 며느리로 점찍은 상태였다.

"져드렸어도 결혼 이야기는 나왔을걸."

아버지는 말씀하셨다. 강현과 강산이 사고도 좀 치고 말썽을 부렸으면 어머니도 이렇게까지 하지 않으셨을 거라고.

알아서 커도 너무 잘 큰 게 문제였다. 이선화는 어머니의 역할에 대해 무언가 아쉬워했었고, 그 아쉬움을 손자 보는 재미로 대체하려 한다는 것이었다.

말은 그렇게 하시지만, 한마디로 두 아들을 너무 쉽게 키워서 아이 키우는 걸 쉽게 생각하신다는 이야기다.

"그래서, 우리 이 나이에 결혼해야 하는 거냐?"

아직 서른도 되지 않은 나이다. 결혼이 나쁜 것은 아니지만, 그래도 좀 더 자유롭고 싶을 때였다.

"글쎄."

강산은 딱히 할 말이 없었다.

결혼을 생각하지 않은 것은 아니었지만, 그렇다고 당장 결혼하고 싶은 마음은 없었다. 하윤이야 결혼하자고 하면 좋아할 거다. 그러나 이서경을 생각하지 않을 수 없었다.

지금이야 한발 물러서서 양보하고 있는 이서경이다. 그러나 결혼 이야기가 나오면 어떻게 변할지 모른다. 중원에서부터 자신만 바라보며 지금까지 기다려온 여인이, 그 상대방의 결혼을 그냥 바라볼 리가 만무했다.

'백화마녀.'

백화옥녀의 또 다른 별호가 바로 백화마녀였다. 강산과 관련된 일에는 눈에 불을 켜고 뛰어들었던 그녀의 성격이 나올지도 모른다.

"난 아직 결혼할 때가 아니라고 생각해. 그러니까 네가 알아서 해결해."

"내가?"

"어쨌거나 너랑 게임하다 그러신 거 아냐? 믿는다."

강현은 그 말만 하고 집안으로 돌아갔다. 강산은 형의 뒷모습을 보며 입맛을 다셨다.

한동안 멈췄던 추궁과혈을 해줘야겠다는 생각을 하면서.

*   *   *

"각 협회에 새로운 프로모션 기획에 대한 협조 공문을 보내세요. 일주일 이내에 답변이 오지 않으면 본부장님께서 직접 찾아가시고요."

"알겠습니다."

"그리고 하윤아. 샤를한테 연락해서 리매치는 내년 여름으로 하자고 전해."

"네, 이사님."

한창 업무를 처리하던 이서경이 전화를 받았다.

"네, 이서경입니다."

―나야.

"강산?"

―어. 오늘 시간 괜찮으면 좀 만나자.

이서경이 슬쩍 하윤의 눈치를 살폈다. 들리는지는 모르겠지만, 그녀의 귀가 쫑긋거리고 있었다.

"오후에는 괜찮을 거 같은데."

―그럼 오후에 보자. 하윤이도 같이 데려오고.

"하윤이랑? 알았어. 어디서 볼까?"

강남의 룸 카페에 자리 잡은 강산은 망고주스를 마시며 두 사람을 기다렸다.

결혼 건에 대한 가장 좋은 해결 방법은 두 사람이 있는 자리에서 서로의 생각을 말하는 것이었다. 괜히 따로 이야기했다가는 나중에 어떤 일이 벌어질지 모르기 때문이었다.

주스를 두어 모금 마셨을 무렵에 두 사람이 도착했다.

"오래 기다렸어?"

"아니."

강산은 대답을 하며 잔을 살짝 흔들었다. 얼마 안 되었다는 뜻이었다.

"무슨 일 있어?"

"응."

그냥 물었는데 그렇다고 대답을 한다. 서경과 하윤은 그런 강산의 대답에 살짝 긴장의 빛을 띠었다.

"일단 주문부터 해."

직원을 불러 주문을 하고 음료가 나올 때까지 세 사람은 말 없이 앉아 있었다. 두 여인은 강산이 일이라고 할 정도의 것이 무얼까 고민했었고, 강산은 어떻게 말을 할까 고민 중이었다.

음료가 나오고 고민에 고민을 거듭하던 강산이 피식 웃었다.

이런 일로 고민해 봤자 답은 없었다. 이럴 때는 그냥 돌직구가 나왔다.

"어머니가 결혼하래."

"풉!"

"콜록!"

얄궂게도 두 사람이 음료를 마시는 타이밍에 말을 하고 말았다. 그 덕에 서경은 음료를 살짝 뿜어냈고 하윤은 목에 걸려 기침을 해댔다.

"결혼?"

"누구랑?"

두 여자의 눈에 불이 켜졌다. 기세로 봐서는 당장이라도 강산의 어머니를 찾아갈 모습이었다.

"하윤이랑 결혼할 준비 하라시네."

이서경의 얼굴이 급격하게 어두워졌다. 반대로 하윤의 얼굴에는 살짝 안도의 표정이 어렸다.

그렇다고 해서 대놓고 좋아할 수는 없었다. 지금까지 이서경이 해준 것도 있었고, 함께 일하면서 정말 친언니처럼 여기고 있었으니, 하윤의 마음도 마냥 편치만은 않았다.

"갑자기 왜?"

"나한테 게임을 계속 지셔서 삐지셨나 봐."

두 여자의 얼굴이 이번에는 얼빠진 표정을 지었다.

"게임이라니?"

"게임 때문에 결혼을 하라신다고?"

어처구니가 없겠지만, 사실이 그러한 걸 어쩔까. 실제로 게임을 하다가 말씀을 꺼내셨으니 거짓말은 아니었다.

"일단 내 뜻을 말할게."

이서경과 신하윤이 강산의 입을 뚫어져라 바라보았다. 그녀들의 긴장이 고스란히 느껴질 지경이었다.

"난 결혼은 아직 생각이 없어."

정확히 말하자면 아직 결정하지 못했다.

결혼을 하자면 하윤이가 우선이었지만, 지금의 기회는 이서경이 준 것이었고 그녀는 죽음마저 뛰어넘어 쫓아온 여인이었다. 그걸 무시하기에는 사람에 대해서, 삶에 대해서 많은 것을 겪은 강산이었다.

신하윤의 얼굴에는 아쉬움이, 이서경의 얼굴에는 안도감이 떠올랐다. 두 사람의 표정이 수시로 바뀌는 것을 보자니 조금 안쓰럽기도 했다.

"하윤아. 서운해도 어쩔 수 없어. 내 마음이 그렇다."

아무리 직설적인 강산이라지만, 이서경 때문이라고 말할 수는 없었다.

"아직 젊으니까. 결혼은 좀 더 천천히 생각했으면 해. 그러니까 하윤아."

"응?"

"네가 어머니한테 말씀 좀 드려주라. 아직은 결혼할 생각이 없다고 말이야."

결혼이란 무엇보다 두 사람의 의견이 중요하다. 아무리 집안에서 반대를 해도 이어질 사람은 이어지고, 아무리 집안에서 찬성을 해도 헤어질 사람은 헤어진다.

거기에는 무엇보다 당사자들의 의지가 가장 중요했다. 하윤이 싫다고 하면 어머니도 더는 결혼을 하라하지 못하실 것이다.

하윤은 잠시 강산을 바라보았다.

그가 좋다. 그를 사랑한다. 결혼? 하고 싶다.

욕심이야 그러고 싶다. 강산의 생각이 저렇지 않았다면 당연히 결혼하자고 했을 거다.

하지만 이서경 또한 강산을 마음에 담아두고 있었고, 하윤이 느끼기에 이해할 수 없을 정도로 그 깊이가 깊었다. 그건 여자만이 알 수 있는 감이었다.

이상했다. 기득권은 자신에게 있었다. 그런데 그걸 함부로 말할 수가 없었다.

이서경을 보니 착잡한 표정으로 음료잔을 만지작거리기만 하고 있었다. 그 모습이 하윤으로 하여금 더욱 욕심을 부릴 수 없게 만들었다.

"알았어. 그렇게 할게."

그날 저녁, 신하윤만이 아니라 이혜정도 강산의 집으로 찾아왔다. 이혜정은 의사가 되기 전까지는 결혼할 생각이 없다고 했고, 신하윤도 제대로 자리 잡기 전까지는 결혼은 나중에 생각하고 싶다고 했다.

강씨 형제 장가보내기 프로젝트는 그렇게 무산되었다. 이선화는 매우 아쉬웠지만, 당사자들이 그렇다는데 어떻게 밀어붙일 수가 없었다.

이후로 강산은 이따금씩 어머니와의 게임을 일부러 져드리곤 했다. 아니, 져드릴 수밖에 없었다.

"결혼 말인데……."

위기에 몰리면 꺼내드는 어머니의 히든카드, 결혼 이야기 때문이었다.

*　　　*　　　*

27전 27승 27KO, 각종 세계기록 보유자, 최다기록 보유로 기네스북에까지 오른 사람, 바로 강산이 지난 3년간 이룬 업적이었다.

그의 몸값은 천정부지로 치솟았다. 국내는 물론이고 해외의 여러 매스컴에서 그를 인터뷰하려고 혈안이었다. 그러던 중에 화이트 프로모션의 새로운 일이 시작되었다.

강산은 기자회견장에 앉아 있었다. 화이트 프로모션에서 기획하고 주최하는 '올마이티 챌린지' 때문이었다.

올마이티 챌린지는 일종의 종합체육대회였다. 대회의 목적은 강산과의 대결에서 이기는 것이다.

물론 그건 상징적인 의미였다. 강산이라는 세계적인 스포츠 스타와 함께 뛸 수 있다는 것과 각 종목의 우승상금을 전액 기부하는 것에 의미를 두는 대회였다.

"강산 선수. 이번 대회의 최초 기획자가 강산 선수라는 소문이 있던데요. 사실인가요?"

"아닙니다. 모든 건 화이트 프로모션에서 세운 기획입니다. 전 그저 좋은 의미이기에 참가하겠다고 했을 뿐이고요."

"강산 선수가 우승하면 상금은 전액 사회에 기부하겠다고 하셨는데요. 전 종목에서 우승하면 상금 총액이 약 10억이라고 들었습니다. 아깝지 않으신가요?"

"아깝습니다."

"네?"

"상금의 규모가 작아서 아깝습니다. 더 많이 기부할 수도 있는데 말이죠. 요즘 화이트 프로모션이 저 때문에 돈 많이 벌 텐데, 좀 짜네요."

강산의 말에 기자들 사이에서 웃음이 흘러나왔다.

"듣기로 대회는 매년 열린다는데요. 은퇴하실 때까지 계속 참가하실 예정이십니까?"

"그럴 예정입니다. 최대한 화이트 프로모션의 재정을 축내야죠."

"위트가 넘치시네요. 화이트에서 강산 선수를 미워하겠는데요?"

기자회견은 내내 훈훈한 분위기에서 진행이 되었다. 강산은 기자들의 질문에 성의껏 답했고 기자들은 그의 답변에 만족해했다.

이서경은 이번 대회를 위해서 많은 공을 들였다. 전국 각지에 대형 스타디움을 지은 것도 이 대회를 위해서였다.

스타디움은 일반인에게 개방되어 있었다. 거기에 더해 전문 체육인을 상주시켜 처음 접하는 운동도 사람들에게 가르치도록 했고 시설 관리도 철저히 하게 만들었다.

강산의 일은 화이트 프로모션에서 만든 전국의 스타디움들을 돌며 매년 올마이티 챌린지에 참가하는 것이었다.

당연히 사람들의 호응은 좋았다. 생활체육의 저변 확대와 사회에 공헌을 하는 일이었기 때문이다.

훗날, 강산이 은퇴를 하게 되면 화이트 프로모션 소속의 선수들을 동원하여 대회를 이어갈 계획이었기에 이후의 문제도 없었다.

단지 좋은 일만 하는 것은 아니었다. 그만큼 화이트의 인지도도 올라가고 모기업이라 할 수 있는 대하그룹의 이미지도 덩달아 높아지는 일이었다.

*　　　*　　　*

서울중앙지방검찰청의 사무실 TV에는 강산의 얼굴이 비

취지고 있었다. 강현은 동생의 얼굴을 보며 흐뭇한 미소를 지었다.

"녀석."

강현은 사법연수원 과정을 수석으로 졸업하고 판사가 아닌 검사를 택했다. 사람들은 그의 선택에 의외라는 반응을 했지만, 본래부터 검사가 꿈이었던 그에겐 당연한 선택이었다.

그 덕에 그는 서울중앙지검 특별수사 제1부에서 일하게 되었다.

특별수사부는 검사장이 지정하는 사건을 맡는 부서다. 그만큼 일반적인 사건보다는 해결이 어려운 특수한 사건들을 담당하는 부서였다.

강현은 TV에서 시선을 돌려 책상 위의 사건파일을 쳐다봤다.

그간 다른 선배 검사와 사건을 처리하며 실력을 인정받은 강현이다. 드디어 단독으로 사건을 받는다고 기분이 좋았었는데, 파일을 확인하고 보니 쉬운 사건은 아니었다.

"골치 아프네."

파일은 조직범죄수사과에서 넘어온 것이었다. 최근 일어난 조직폭력범들의 무차별 살해 사건으로, 피해자는 전부 조폭들이었지만 살인범에 대한 단서가 오리무중인 사건이었다.

검사장은 이 사건을 심각하게 생각했다. 조폭들만 죽이는 살인범이라고 해도 일반인들에게까지 피해가 가지 않으리란 보장이 없었다. 그래서 검사장은 이 사건을 특별수사부에 할당했고, 그게 강현의 손에 넘어왔다.

강현은 천천히 파일을 넘기며 내용을 확인했다. 세심하게 읽던 그의 손이 멈춘 것은 사건발생 일시와 장소가 기록된 부분이었다.

"뭐야 이거."

그의 얼굴이 딱딱하게 굳었다.

4장
귀찮게 만드네

박재철은 주머니에서 담배를 꺼내 입에 물었다.

"세운빌딩이라."

강남에 위치한 7층짜리 빌딩은 딱히 화려하지도, 멋지지도
않았다. 흔하게 볼 수 있는 빌딩이었다.

그래도 시가 150억짜리다.

"쯧."

빌딩의 주인은 강남지역에서 꽤 잘나가는 폭력조직인 사
거리파의 소유다. 일개 폭력조직이 이런 비싼 빌딩을 소유하
고 있다는 사실이 불쾌했다.

박재철은 휴대폰을 꺼냈다.

"전파관제는?"

―3분 후에 시작합니다.

전파관제가 시작되면 세움빌딩을 중심으로 반경 200m 이내 모든 통신이 30분간 마비된다. 사람들이 통신사에 항의하겠지만, 그건 자신이 알 바 아니었다.

박재철은 몸을 돌려 뒤편에 서 있는 세 명의 남자에게 말했다.

"시작해."

세 명의 남자는 대답도 하지 않고 그대로 빌딩으로 향했다. 그것을 지켜보며 담배에 불을 붙였다. 길게 담배 연기를 내뿜은 박재철은 그대로 몸을 돌렸다.

"이번이 마지막이군."

빌딩으로 향한 세 남자는 살아 있는 사람이 아니었다. 전부 그간 만들어진 강시였다.

지금까지 강시를 총 다섯 구 만들었다. 그들을 이끌고 강시의 능력을 테스트하는 일은 전적으로 박재철의 일이었다. 그리고 여태까지의 테스트 중에 두 구를 잃었다.

그 결과, 강시의 능력에 대한 검증은 끝났다. 확실히 일반인에 비해서는 강했다. 신체 능력의 비약적인 향상과 더불어 목이 잘리지 않는 한 움직이는 강시는 공포 그 자체였다.

하지만 들인 돈에 비해서는 신통치 않은 결과였다.

"응?"

근처에 대기 중인 차로 향하던 그가 걸음을 멈추었다. 멀찍이서 다가오는 사람들이 보였기 때문이다.

'형사인가?'

아무리 사복 차림이라도 형사는 알아보기 쉬웠다. 이따금씩 주변을 살피기도 하고, 형사 특유의 분위기가 있었다. 그리고 총기를 휴대하고 있으면 가슴 어림이 조금이라도 튀어나온다.

자신을 지나쳐 빌딩으로 향하는 두 남자가 그랬다.

'어떻게 된 거야?'

사전 공작은 충분히 해두었다. 미끼도 써서 이곳에 형사들이 올 일은 없었다. 그런데 형사가 나타나다니.

휴대폰을 꺼냈다. 그러나 이미 전파관제가 시작된 후였다. 휴대폰의 안테나가 전혀 뜨지 않았다.

"재수 없는 녀석들이군."

다 피우지도 않은 담배가 바닥에 떨어졌다. 그걸 발로 짓밟아 끈 박재철은 발걸음을 돌렸다.

*　　　*　　　*

조직폭력배 살해사건은 전국에서 일어났다. 일견하기에는 아무 조직이나 무차별적으로 죽인 것으로 보이지만, 강현은 거기서 한 가지 사실을 찾아냈다.

아니, 찾아냈다고 하기도 민망했다. 이전에 조사한 사람들도 그 부분은 확실하게 인지하고 있었으니까.

대전부터 시작된 사건은 전라도를 거쳐 경상도를 지나 강원도로 향했다. 전국을 돌며 보란 듯이 살인을 저지르는 범인이었기에 목적지를 유추하는 일쯤은 쉬웠다.

그에 따르면 다음 차례는 서울이었다.

대상은 어느 정도 이름 있는 조직들, 그러니까 검찰이 소유한 조직 계보도에 올라간 조직들이었다.

범인은 그들을 닥치는 대로 죽이며 움직였다. 조직들이 단단하게 준비를 해도 소용없었고 그 잔인성은 조직원들조차 겁을 먹게 하기에 충분했다.

결국 자신들로 해결이 안 될 것 같아지자 경찰에 자수하거나 신변 보호를 요청하는 등 웃지 못할 일까지 벌어졌었다.

어쨌거나 이상했다. 뻔히 보이는 이동 경로와 한정된 조직의 수를 감안했을 때, 잡아도 벌써 잡거나 꼬리라도 물었어야 정상이다. 그런데 아무런 단서도 잡지 못했다.

강현은 좀 더 자세하게 조사했다. 그러자 이상한 것이 보였다. 사건이 일어난 조직의 근처에는 항상 도로 통제가 이루어졌고 통신이 마비되었다.

상황은 심각했다. 이 정도로 일을 만들고 벌이는 범인이라면 단독범이 아닐 가능성이 충분했다.

그래서 빠르게 행동했다. 곧장 일선 경찰에 연락해 관할 지역의 조폭들을 감시하게 만들었다. 무슨 일이 있어도 병력을 배치하라는 당부도 잊지 않았다.

하지만, 그 일로 인해 일은 더욱 커지고 말았다.

강남의 세움빌딩에 도착한 강현은 현장의 참상에 인상을 찌푸렸다. 사건파일의 사진보다 더욱 잔인한 모습이었다.

"피해자 중에 형사가 있습니다."

수사관의 안내에 따라 과학수사대가 조사 중인 시체 한 구로 다가갔다. 한쪽 팔이 뜯겨나가고 목이 부러진 형사의 시신이었다. 시신의 곁에는 권총을 쥐고 있는 팔이 떨어져 있었다.

"이게 가능합니까?"

칼로 깔끔하게 잘라낸 것도 아니었다. 말 그대로 팔이 뜯겨져 나갔으니 강현이 놀라는 것이 당연했다. 그건 수사관이나 조사 중인 과학수사대도 마찬가지였다.

"사람의 힘으로는 불가능한 일입니다만……."

조사 중이던 과학수사대가 고개를 흔들며 자신 없는 어조로 말했다. 그도 이런 경우는 처음이었다.

"단서는? 뭐라도 단서가 될 만한 것이 있습니까?"

"현장이 너무 복잡해서요. 일단 최대한 노력은 해보겠습니다."

지문과 족흔을 비롯해 모든 것을 수집해야 했다. 유전자 감식도 해야 하는데, 죽은 사람이 원체 많아서 시간이 꽤 걸릴 일이었다.

강현은 수사관에게 물었다.

"감시카메라는?"

"망가져 있었습니다."

"살아 있는 사람도 없고?"

수사관이 고개를 흔들었다.

"아무래도 단독범행은 아니겠지?"

"네. 이번에도 주변 통신이 마비가 되었습니다. CCTV도 그렇고 공사로 인한 도로 통제 역시 있었습니다."

"인부들은?"

"못 찾았습니다."

공사를 하던 인부들은 상황이 끝날 때쯤에 사라졌다. 하나같이 방진마스크를 쓰고 안전모를 써서 얼굴 확인도 불가능하다고 한다.

"알았어. 일단 돌아가서 대응 매뉴얼을 새로 짜고……."

지시를 내리던 강현의 인상이 찌푸려졌다.

"왜 그러십니까?"

"…뭔가 이상한 느낌 없어?"

"이상한 느낌이요?"

끈적끈적하고 차가운 것이 온몸에 달라붙는 기분이었다. 수사관은 딱히 그런 느낌은 느끼지 못하는 모양이었다.

"아니야. 돌아가지."

이런 느낌을 전에도 느껴본 적이 있는 것 같았다. 그 사실이 더더욱 그의 기분을 나쁘게 만들고 있었다.

*　　　*　　　*

강시는 죽은 사람을 술법으로 움직이게 만든 존재다. 그러다 보니 음기가 강할 수밖에 없다. 강현이 현장에서 받은 느낌은 술법이 더해진 음기를 느낀 것이었다.

강산으로 인해 강현이 익히고 있는 금강현마공은 사술이나 사특한 기운에 민감하다. 그리고 그런 기운을 이전에 마주한 적이 있었다.

"무슨 생각해?"

이혜정은 남들이 꺼리는 흉부외과를 선택한 덕분에 시간을 내기가 여간 어려운 일이 아니었다. 그래서 모처럼 쉬는 날이 되자마자 강현에게 바로 연락을 하고 만난 참이었다.

그런데 오랜만에 자신을 본 강현이 묘한 얼굴이 되더니, 말도 없이 줄곧 뭔가를 고민하고 있었다.

강현은 이혜정을 보고서야 떠올랐다. 어렸을 때 이혜정에게 정이 안 가게 만들었던 그 느낌, 그게 바로 현장에서 느꼈던 것이었다.

정확히 같은 느낌은 아니었다. 묘하게 달랐고, 현장에서 느낀 것이 더욱 나쁜 느낌이었다.

하지만 그 이야기를 할 수는 없었다. 어쩌면 착각일 수도 있겠고 이야기를 해봤자 그녀의 기분만 상하게 할 것이었다.

대신 다른 이야기를 했다.

"자기야."

"응?"

"자기가 이렇게 예뻤나?"

이혜정의 볼이 살짝 붉어졌다. 오랫동안 만나왔지만 아직도 칭찬에 수줍어하는 모습이다.

"오랜만에 봐서 그러나, 오늘따라 더 예쁘네. 설마 성형한건 아니지?"

"무슨 소리야!"

갑자기 버럭 소리를 지른다. 의외로 격한 반응이었다. 검사의 직감이랄까, 솔직히 거기까지 가지 않아도 뭔가 있다는 건 알 수 있었다.

그렇다고 추궁할 수도 없다. 여자들에게는 숨기고 싶은 비밀이란 게 있고 그걸 건드렸다가는 후환을 감당하기 어려운 법이다.

"성형도 안 했는데 점점 예뻐지네. 더 어려지는 거 같기도 하고. 이거, 조심해야겠는 걸?"

이혜정은 스스로 지른 소리에 오히려 본인이 당황했었다. 그런데 강현이 아무렇지도 않게 말을 돌려주니 고마웠다.

사실 얼굴에 살짝 손을 대긴 했다. 칼을 댄 건 아니었고, 몇 군데에 필러 시술을 살짝 받았다. 순간 사실대로 말할까 망설였지만, 그건 아주 잠깐이었다.

'자존심 문제지.'

예쁘다고 칭찬하는 연인에게 고쳐서 그렇다고 말할 수는 없었다.

"오랜만에 봐서 그렇지. 미안해. 내가 좀 바빠서."

"아냐, 미안하긴. 생각해 보니까 내가 더 미안하다. 퇴근하고 병원에 들러도 되는 건데."

"아냐, 자기도 바쁘잖아. 더구나 단독으로 사건 하나 맡았다며? 힘들진 않아?"

"힘들기는. 나야 책상에 앉아서 하면 되는 일인데."

"뭘 앉아서 해. 현장에 직접 돌아다닌다며?"

이혜정은 예전에 강현의 사무실에 들른 적이 있었다. 그때 수사관이 자랑스레 말한 것이, '강현 검사님은 직접 발로 뛰며 조사까지 하시는 분이죠. 정말 만인의 귀감이 되는 분이십니다'라며 칭찬을 했었다.

"이 수사관이 그래?"

"응. 칭찬이 대단하던데? 뭐든지 직접 확인하고 제대로 처리하는 검사는 드물다면서."

강현이 볼을 긁적였다.

"별거 아냐. 난 그냥 현장 확인만 하는 거라서. 위험한 일은 다 일선 경찰이랑 수사관이 담당해."

"흐음."

이혜정은 그의 말을 믿지 않았다. 벼르고 별러 검사가 된 강현이다. 모르긴 몰라도 단순히 현장 확인만 하는 수준은 아닐 것이다.

"믿어줄게. 대신 정말 몸조심해야 해?"

"알았어."

걱정 어린 그녀의 말에 강현은 잠시나마 일에 대한 고민은 접어두기로 했다.

'나중에 산이한테 물어보지 뭐.'

동생의 숨겨진 능력에 대해서 약간이나마 알고 있는 강현이다.

그 능력, 힘이 무엇인지 정확하게는 모른다. 하지만 동생으로 인해 지금까지 감기 한 번 걸리지 않고 살았다는 사실만큼은 인정할 수 있었다.

강산의 그러한 힘이 어쩐지 이번 일에 크게 도움이 될 것 같았다.

집에 돌아온 강현은 오늘도 어김없이 어머니와 게임 중인 동생을 보며 웃을 수밖에 없었다. 어머니도 어머니지만, 엄청 진지한 얼굴로 게임을 하는 동생을 보자니 절로 웃음이 나온다.

'녀석.'

최근 들어 아버지가 해외로 출장을 가시는 일이 부쩍 많아지셨다. 그 덕에 어머니가 많이 적적해하셨는데, 강산이 자주 상대를 해드리니 다행이었다.

"다녀왔어요."

"왔니? 출출하면 식탁 위에 바나나 있다. 하나 먹어."

"형, 수고했어."

씻고 옷을 갈아입고 나오니 승패가 갈렸나 보다. 입을 삐쭉 내미신 어머니와 어색하게 웃고 있는 강산이 보였다.

"엄마. 지셨어요?"

"그래, 졌다. 산이 이 녀석 장가가고 싶은가 보다."

"장가요?"

"이제 결혼 이야기 꺼내도 안 통하잖아."

이선화는 게임에서 질 것 같아지자 곧바로 '산아, 손자가 보고 싶구나'라며 아들의 정신을 빼려했다. 그런데 이번에는 들은 체도 하지 않고 이겨 버리는 것이 아닌가?

"엄마. 그게 아니구요……."

"아니긴. 흥, 너 자꾸 그러면 앞으로 중매쟁이들 부를 테니까, 두고 보자."

"이번 건 실수라니까요."

"실수? 실수로 이기는 사람도 있니? 흥이다."

콧방귀를 뀌며 방으로 들어가신다. 강산은 어깨를 축 늘어트렸고 강현은 고개를 흔들었다.

"어째 모자지간 아니랄까 봐. 엄마도 어지간히 지는 거 싫어하신다니깐."

강현은 그리 말하며 강산의 옆에 앉았다.

"나도 한 판 해볼까?"

게임 패드를 잡으며 몸을 푸는데 강산의 반응이 없었다.

"산아?"

고개를 돌리니 강산의 표정이 심상치가 않다. 뭔가 못마땅한 표정이었다.

"왜 그래?"

강산은 패드를 내려놓았다.

"형, 오늘 누구 만났어?"

"응?"

"바람이라도 폈어?"

"바람?"

가족이 지닌 기운은 확실하게 파악하고 있었다. 더구나 형은 금강현마공을 익혔기에 구별이 쉬웠다. 그런데 거기에 이질적인 음기의 흔적이 있었다.

세계 인구가 60억이 넘는다. 서울의 인구만 해도 천만 명 정도, 그가 살던 중원에서 가장 큰 성도(省都)의 인구가 100만 명 정도였던 것을 감안하면 엄청난 차이다.

그중에 이혜정과 비슷한 체질이 있을 수도 있다. 만혼도화지체 외에도 음기가 강한 특이체질은 많았다. 그러나 단지 그뿐, 강산은 강시가 있으리라고는 생각조차 하지 못했다.

"영웅호걸이라고 했어. 하지만 조강지처를 외면하면 안 되는 거야."

"무슨 소리야?"

강현은 다른 여자를 만난 적도 없고 만날 생각도 없었다. 그런데 뜬금없이 바람이라니?

"뭐, 내가 그런 말할 처지는 아니지만. 그래도 형은 공무원이니까 잘 생각하라고."

공무원에게는 여러 의무가 있다. 그중에서 청렴 의무 때문에 모처럼 선물 받은 스포츠카 한 대는 집에 두는 처지다.

또 다른 의무 중에 하나로 품위유지 의무가 있다. 이 의무는 사회통념적인 흐름을 따르는데, 가정사나 극히 개인적인 일도 외부에 거론되는 경우에는 책임을 져야 한다.

아직 결혼한 것은 아니다. 그래도 누군가가 딴죽을 걸자면 걸 수도 있고, 그런 걸 잘하는 것이 바로 공무원, 특히 정치인들 아닌가?

뭐 묻은 개가 겨 묻은 개 나무라는 법이다.

'내가 눈치를 봐야 하다니.'

아직 일개 평검사일 뿐인 형은 올라갈 길이 많이 남았다.

한 무리의 수장이 되는 일에 무력의 비중이 80%인 중원이라면 모를까, 이곳에서는 아무리 강해도 공권력의 눈치를 봐야 한다.

엄밀히 말하자면 형을 위해, 가족을 위해 참는 거다. 나중에 형이 높은 자리에 오른다면 어느 정도⋯⋯.

'그렇군.'

고속 승진이 가능하게 해주면 될 일이다. 자신이 밀어주고 이서경의 대하그룹이 보조해 주면 총장까지 꿈꾸지 못할 것도 없다.

"형. 요즘 어려운 일 없어?"

"어려운 일?"

"잡히지 않는 놈이라거나."

그렇지 않아도 오늘 현장의 일을 물어보려고 했었다. 그때 느꼈던 느낌이 아직도 생생했다.

"뭐 좀 물어보자."

"응."

"예전에 내가 혜정이 싫어했었지? 그때 내가 왜 혜정이 싫어했는지 말했었나?"

"아니."

"뭐랄까, 사람이 느낌이나 첫인상이라는 게 있잖아. 혜정이는 그 느낌이 안 좋았어. 지금에서야 말하지만 색기랄까, 음산한 느낌도 있었고. 그런데 어느 날부턴가 그런 느낌이 사라졌거든."

강산이 그녀의 기운을 없애 버렸기 때문이다. 그날 이후로 이혜정은 평범하면서도 건강한 체질로 변했다.

"그런데 혜정이한테 느꼈던 그 느낌이 현장에서 느껴졌어. 그것도 더 기분 나쁘고 끈적끈적한 기운이."

강현은 오늘 현장의 상황과 자신이 느꼈던 기운을 상세히 설명해 주었다. 팔이 뜯겨져 나간 형사의 시신 이야기까지 들은 강산의 표정이 심각해졌다.

'설마, 환생한 무인이 또 있는 건가?

마도의 고수라면 충분히 가능한 일이었다. 마공 중에는 극음의 마공도 있기 때문이었다.

"현장에 가볼 수 있어?"

어둑해진 밤거리에 노란 폴리스라인이 쳐진 건물이 보였다. 사건이 사건인지라 아예 건물 자체를 봉쇄해 버렸다.

강산은 형의 뒤를 따라 건물로 들어섰다.

"이 정도 일이 벌어지면 대게 범인의 윤곽이 나타나게 마련이야. 조폭이니까 구역 싸움일 수도 있고 원한에 의한 것일 수도 있어. 그런데 아무런 관련 정황도 포착할 수가 없었어. 증거도 없고."

연쇄살인범이 잡히는 이유는 계속해서 범죄를 저지르기 때문이다. 아무리 증거를 철저하게 없애고 조심해도 꼬리가 길면 잡히는 법이다.

그런데 이번에는 전혀 그런 기미조차 보이지 않았다.

현장에는 하얀색 보존선이 잔뜩 그려져 있었다. 죽은 사람이 많기에 하얀 선으로 도배가 된 모습이었다.

"시간이 흘러서 그러나? 처음 현장에 왔을 때의 느낌은 없네."

이틀이 지났기 때문인지 약간 서늘한 느낌 외에는 아무것도 느껴지지 않았다. 하지만 강산의 표정은 그리 좋지 않왔다.

"여기 청소했어?"

"아니, 아직. 조사가 끝나기 전까지는 보존하기로 했어."

"팔이 뜯겼다고 했지? 형사 하나만?"

"완전히 뜯긴 건."

조폭 중에도 덜렁거리는 사지를 붙인 자들이 있었다. 강현은 당시를 생각하니 괜스레 등골이 오싹했다.

"그런데 피가 별로 없네."

"응?"

"출혈이 엄청났을 텐데, 피가 흐른 흔적이 많지가 않아."

강현은 둔기로 얻어맞은 기분이었다.

그랬다. 심각하게 훼손된 사체의 상태로 보아 이곳은 피가 강을 이뤄도 모자랐어야 한다.

"아, 그걸 왜 생각 못했지?"

국내에서 이런 대규모 인명살상 사건은 흔한 것이 아니었다. 냉정하게 생각했으면 깨달았을지도 모르겠지만, 현장 상황 자체가 워낙에 충격적이었기에 다들 간과한 것이다.

하지만 강산은 중원에서 수많은 전장을 헤쳐온 경험이 있었다. 그 경험상, 이곳은 너무 깨끗한 편이었다.

"시체를 이곳으로 옮겨온 것도 아닐 테고."

"그건 아니야. 현장 검시관은 이곳에서 죽은 거라고 했어."

강산은 천천히 기감을 끌어올렸다. 형이 말한 그 느낌의 흔적을 찾기 위해서였다.

하지만 하급강시의 기운이 그리 오래 갈 리가 없었다.

'설마.'

형의 몸에 남아 있던 기운은 굉장히 사특한 음기였다. 그리고 현장의 상황은 생각할 수 있는 경우의 수를 줄여주었다.

흡혈과 관련된 무공은 생각보다 많지 않았다. 그리고 그런 사악한 마공을 쓰는 자들은 치밀했다. 이렇게 대놓고 일을 저지르지는 않았다.

'강시인가.'

이렇게 무식하게 움직일 수 있는 것은 강시뿐이었고 흡혈로 기운을 보충하는 것은 그중에서도 가장 하급의 강시다.

그리고 그런 하급의 강시이기에 의문이 생겼다.

자연 발생한 유시라면 절대 이렇게 조용히 움직이지 못한다. 그렇다는 건 누군가가 만든 강시라는 말이다. 그리고 현재 강시를 만들 만한 지식을 가진 자, 더구나 대한민국에 있는 자라면 하나 밖에 없었다.

천종설, 그가 분명했다.

*   *   *

한병관은 전직 외교부 장관이다. 한지겸의 아버지이며 현재는 국회의원이기도 했다.

외교부 장관이 하는 일은 상당히 많다. 재외국민의 보호부터 각종 조약의 체결, 외국원조, 대외수교 등등. 국제화 시대에 발 맞춰 신경 써야 할 일이 한두 가지가 아니다.

한병관은 그런 부분에서 세계적으로 인정을 받은 사람이었다. 그가 외교부 장관으로 재직하는 동안 맺은 각종 국제 조약들은 대한민국에 유리한 방향이었고, 한 번도 손해를 본 적이 없는 타고난 협상가였다.

그의 수완은 대단했다. 상대방이 뭘 좋아하는지, 뭘 싫어하는지, 무엇 때문에 골치가 아픈지를 누구보다 잘 파악하고 대처했다.

그렇게 하려면 무엇보다 필요한 것이 정확한 정보였고, 그에게는 정보를 얻는데 있어서 누구보다 든든한 우군이 있었다.

"지겸아."

"네, 아버지."

"국정원이 사고를 친 거 같다."

딱, 흑돌이 바둑판 위에 놓여졌다.

"대충 이야기는 들어 알고 있습니다."

지겸의 백돌이 흑의 허리를 끊었다. 한병관의 이마에 실금이 그어졌다.

"애초에 왜 막지 않은 거냐?"

지금 허리를 끊은 것처럼, 그의 아들 한지겸은 이미 국정원의 움직임을 알고 있었다. 천종설에 관한 것도, 그가 무슨 미친 짓을 벌이는지도.

딱.

한참을 고민하던 한병관의 흑돌이 이번에는 백의 뒤를 치고 들어갔다.

딱.

백돌이 고민도 하지 않고 대마의 목덜미에 비수를 들이댔다. 끄응, 한병관의 입에서 신음이 흘러나왔다.

"검을 뽑게 하려면 두부라도 앞에 대령해야지요."

중학교 때였던가. 처음 아들과 바둑을 둘 적에는 자신이 백돌을 쥐었었다. 그러던 것이 한 달 만에 자신이 흑돌을 쥐는 처지에 놓이게 되었다.

"두부치고는 너무 단단하구나."

"그의 앞에는 무엇을 놓아도 두부일 뿐입니다."

"…어디에 놓아도 대마가 잡히는 이 판처럼 말이냐."

흑돌이 어디에 놓여도 다음 수에 대마가 잡힌다. 바둑에서 보기 힘들다는 외통수다.

아들과 바둑을 두다보면 항상 이런 식이다. 마치 뭔가에 홀린 것처럼 아들의 뜻대로 돌이 놓인다. 그리고 그건 그가 외교부 장관에서 물러난 지금도 마찬가지였다.

한병관은 바둑판 위에 돌을 던졌다.

"그래, 그럼 어찌할까? 이대로 두고 보기에는 너무 많이 갔어."

"그가 알아서 정리할 겁니다."

"대체 그가 누구냐?"

한지겸의 눈이 서늘하게 빛났다.

저 눈빛이다. 아버지인 자신마저 꼼짝할 수 없게 만드는 저 눈빛.

자신이 외교부 장관에 처음 취임했을 때도 저 눈빛을 볼 수 있었다. 당시에 아들은 일단의 사람을 데려와 그들을 각국 대사관 직원으로 쓰라고 했었다.

대사관의 일은 단순히 외교와 재외국민 관련된 일에만 국한된 것이 아니었다. 대사관이 주재하는 국가의 정보를 은밀하게 빼내는 일도 있었다.

한지겸이 데려온 이들은 그런 일에 특화된 사람들이었다. 그들을 각 대사관에 파견한 이후로 양질의 정보가 들어오기 시작했었다. 그리고 그 덕에 한병관은 뛰어난 외교적 능력을 인정받을 수 있었다.

더욱 무서운 것은, 그러한 정보들을 가지고 한병관이 잘못

된 활용을 하려하면 어김없이 아들에게 연락이 왔다는 것이다. 그리고 아들을 무시하고 독단적으로 진행을 했다가 몇 차례 낭패를 겪은 이후로는 아들의 뜻에 따를 수밖에 없었다.

"아버지. 때가 되기 전에는 알려고 하지 마세요."

그렇기에 아들의 이러한 말에도 한병관은 뭐라고 할 수가 없었다.

*   *   *

뭐가 잘못되었을까.

깨어나지 않는 부인을 보는 천종설의 모습은 초췌했다. 뼈만 앙상하게 남은 그의 얼굴은 그간의 심적 고통을 알 수 있게 해주었다.

그는 마디가 툭 불거져 나온 메마른 손으로 유리관을 쓰다듬었다. 이미 약재는 모두 흡수되어 투명한 물만 남았다. 그 물마저도 이제는 삼분의 일 정도 밖에 남지 않았다. 그런데도 부인은 깨어날 기미가 보이지 않았다.

"대체, 어째서."

가슴의 미미한 기복만이 부인이 살아 있다는 것을 증명했다. 그러나 거기까지일 뿐, 이미 깨어났어도 벌써 깨어났어야 할 부인은 두 눈을 꼭 감은 채 뜰 생각을 하지 않았다.

시침이 잘못된 걸까?

아니다. 수천 번을 연습하고 완벽하게 침을 놓았다.

약재는?

치밀하게 무게를 재고 재삼, 재사 확인했다. 한치의 오차도 없다고 분명히 자신할 수 있다.

그런데 대체 왜 깨어나지 않는 걸까?

딩—동.

육중한 벨소리가 울렸다. 천종설은 벨소리를 무시했다. 지금은 누구의 방해도 받고 싶지 않았다.

딩—동.

벨은 계속해서 울렸다. 마치 안에 있는 것을 다 안다는 것처럼.

천종설이 무표정한 얼굴로 자리에서 일어나 인터폰을 바라보았다. 화면에는 말쑥한 정장 차림의 낯선 남자가 보였다. 그는 벨을 누르며 계속 말을 하고 있었다.

"…뭐라는 거냐."

가만히 인터폰을 바라보던 천종설의 눈이 점차 커졌다. 남자의 입모양을 읽은 것이었다.

그의 신형이 순식간에 사라졌다. 신법까지 펼쳐 현관으로 달려간 것이다.

화면 속의 남자는 계속 말하고 있었다.

―약재는 직접 구해야죠. 안 그래요? 천기신뇌 위극소 양반.

잊어버리고 있던 과거의 이름, 중원에서 불렸던 그 이름이 낯선 자의 입에서 흘러나오고 있었다.

*　　　*　　　*

"천종설이라면 만들 수 있어. 구하기는 힘들어도 영약과 비슷한 약재들이 존재하거든. 천기신뇌라 불렸던 그라면 충분히 가능해."

이서경의 말대로라면 의심의 여지가 없다. 강산은 곧바로 천종설의 집으로 향했다.

"강시라니."

대량으로 강시를 제조하기는 어렵다고 했다. 기껏해야 하급강시나 만들 수 있다고 한다. 그 정도는 그다지 신경 쓸 일이 아니다. 하급강시는 권총으로도 얼마든지 상대가 가능했다.

문제는 강시를 제조하는 기술 그 자체다. 만약 그것이 사회에 퍼져 나가면 무슨 일이 벌어질지 모른다. 이번 일처럼 가족과 얽히게 되는 수도 있다.

강산은 그걸 두고 볼 수 없었다. 말이 통하지 않는다면 무력으로 모든 걸 지워 버리리라.

현관 앞에 선 그는 안의 동정을 살피려다가 냅다 문을 걷어찼다. 문이 굉음을 내며 벽과 함께 떨어져 나갔다.

"위극소."

현재의 이름이 아니다. 중원의 이름이다.

나직하지만 내공이 실린 이름 석 자가 그의 뜻을 담고 집안 구석구석으로 퍼져 나갔다.

나와라. 그리고 변명해 봐라.

강산의 동공에 기광이 일렁였다. 내공이 움직이며 만반의 준비를 갖추었다. 상대는 무림의 고수이며 기문진의 대가다. 방심하여 놓치는 일이 있을 수도 있다.

하지만 그것도 상대방이 있을 때나 가능한 이야기다.

'없어?'

밤이 늦은 시각, 당연히 집에 있을 거라 생각했다. 전화도 하지 않고 온 것은 낌새를 채고 도망갈까 싶어서다.

낌새?

어쩌면 강시를 만드는 순간부터 각오했을지도 모른다. 무인이라면 하나같이 싫어하는 작자 중에 하나가 강시술사, 그것도 강시를 제조하는 녀석들이니까.

과거 전쟁이 끊이질 않던 중원에서 강시는 자연적으로 발생했었다. 그 강시들을 제압하고 본래의 고향으로 돌려보내 장사 지내는 이들이 본래의 강시술사였었다.

문제는 그 이후였다. 일부 도사들은 강시를 불로불사의 열쇠로 생각했었다. 그들은 강시를 연구했고 별의별 강시를 다 만들어냈었다. 그러한 도사들이 모여 만들어진 단체가 바로 천사도라는 곳이었다.

중원에서 강산은 강시에 관련된 자라면, 특히 그게 천사도라면 이유 불문하고 손을 썼다.

그건 천마의 진맥을 잇고 그곳에 있는 비서(秘書)를 통해 천사도에 대해 알게 된 이후부터였다.

그들은 해서는 안 되는 일을 통해 강시를 만들어냈고, 그렇게 만들어진 강시들은 괴물일 뿐이었다.

강산은 전화를 꺼냈다. 이렇게 된 이상 통화라도 해야 했다.

ㅡ지금 거신 번호는 없는 번호이오니 다시 확인하시고…….

그의 이마에 주름이 그어졌다.

*　　　*　　　*

"대표이사요?"

천종설이 사라지고 얼마 후, 퇴근하고 돌아오신 아버지에게서 뜻밖의 소식을 들었다. 아버지가 한성실업의 대표이사가 된다는 소식이었다.

좋은 일이라면 좋은 일이었다. 한성실업은 무역회사 중에서도 수위에 드는 건실한 기업이었다. 기술만 가진 중소기업을 찾아 수출입을 돕고 그 과정에서 독점계약을 맺어 막대한 수익을 올리는 곳이었다.

정보를 다루는 국정원의 위장기업이기에 가능했다. 그리고 그런 회사의 대표이사에 아버지가 오르게 된 것이다.

"여보, 어떻게 된 거예요?"

어머니도 갑작스런 이야기에 어리둥절한 얼굴이었다. 기뻐하기에는 너무나도 파격적인 소식이었다.

"임시야."

"임시요?"

"천 대표님의 행방이 묘연해져서 찾기 전까지만 맡기로 했어."

"무슨 말이에요? 행방이 묘연하다니?"

"연락도 안 되고 집에 찾아가니 문은 부서져 있고. 경찰에 실종 신고를 해놓고 기다리는 중이야. 아무래도 무슨 일이 생긴 거 같은데 알 수가 없네. 그렇다고 대표이사 자리를 비워둘 수는 없어서 내가 잠시 그 자리를 맡기로 한 거야."

문을 부순 당사자인 강산은 심각한 얼굴로 아버지의 말을 듣고 있었다. 혹시나 했는데 아버지도 어떻게 된 일인지 전혀 모르는 눈치였다.

"세상에. 무슨 일이래요? 혹시 납치나 그런 건……."

"쓸데없는 소리. 말이 씨가 된다고 그런 소리 하지 마. 그보다 내일부터 좀 바빠질 거야. 출장도 가야 할 거 같고."

"알았어요."

임시로 맡는다지만, 천종설이 나타나지 않는 이상에는 아버지가 계속 대표이사직을 수행할 것이다. 그리고 천종설이 돌아온다고 해도 아버지는 대표이사일 것이다.

강산은 책임지지 않는 자를 가장 싫어했다. 사정이야 어떻든 천종설은 사고를 쳐 놓고 도망친 셈이다. 돌아와서 손이 발이 되도록 빌어도 용서해 줄 생각은 없다.

"산아. 혹시 천 대표님한테 연락받은 적은 없지?"

강창석은 예전에 천종설이 강산에게 관심을 뒀던 것이 떠올랐다.

"아니요. 제가 전화 한 번 해볼까요?"

이미 없는 번호가 됐다는 걸 아는 강산이 시치미를 떼고 말했다.

"아냐. 전화기도 이미 없애셨더라. 알았다. 들어가서 쉬거라."

"네."

방으로 돌아온 강산은 침대에 누워 천장을 바라보았다.

대체 천종설은 강시 따위를 만들어서 뭐에 쓰려고 한 걸까? 강시의 쓸모는 싸움 외에는 그다지 없어보였다. 굳이 그런 위험한 걸 지금에 와서 왜 만들려는지 이해가 가지 않았다.

드르륵

책상 위에 올려둔 휴대폰이 춤을 췄다. 가볍게 손을 뻗자 휴대폰이 그의 손으로 날아왔다.

"어, 민수야."

ㅡ뭐해?

"자려고."

ㅡ얼굴 좀 보자.

"어딘데?"

강산은 몸을 일으켜 외투를 걸치고 거실로 나갔다. 인터넷 TV로 게임 채널을 보고 있던 이선화가 고개를 돌렸다.

"저 나갔다 올게요."

"어디 가는데?"

"민수가 좀 보자네요."

"그럼 들어오기 전에 전화해. 사올 거 있으니까."

"네."

넓은 마당에 서서 잠시 주변을 살폈다. 보는 눈이 없음을 확인한 강산은 그대로 땅을 박차고 허공으로 솟구쳤다. 제법 쌀쌀해진 밤공기가 그의 뺨을 두드렸다.

'어느 쪽이더라.'

되도록이면 무공을 쓰지 않으려 했다. 평범하게 살고 평범하게 지내려 했다. 그러나 유명세가 더해지면 더해질수록 무공을 쓸 수밖에 없었다.

거리를 거닐 땐 천마잠행보(天魔潛行步)를 펼쳤다. 이 신법을 펼치면 눈 뜬 사람의 코도 몰래 베어갈 수 있다. 그가 모습을 드러내지 않는 한, 누구도 그를 볼 수 없다.

개인적으로 움직일 때도 차를 끌고 다니지 않았다. 이 시대의 기자들, 특히 파파라치라 불리는 이들은 추종술의 고수나 되는 모양인지 귀신같이 따라붙기 때문이다. 그래서 멀리 갈 때면 지금처럼 경공을 극성으로 펼쳤다.

허공에 뜬 채로 방향을 가늠하던 그의 눈이 길을 찾았다.

'이쪽이군.'

하늘에 검은 선이 그어졌다. 천마비행술(天魔飛行術)이 펼쳐진 것이다. 강산은 순식간에 하우스펍의 근처 골목에 도착했다.

경공을 논하자면 곤륜파의 운룡대팔식(雲龍大八式)이나 무당파의 제운종(梯雲縱)을 최고로 쳐준다. 하지만 이 두 가지

경공과 천마비행술의 차이는 컸다.

강산이 펼친 것은 비행술, 말 그대로 하늘을 자유롭게 날 수 있는 희대의 신공이다. 다른 경공은 천마비행술처럼 자유롭게 하늘을 누비지 못했다.

'남들 눈을 피하는데 무공을 써야 한다니.'

우스운 일이다. 중원에서는 사람들이 자신을 피했는데, 지금은 자신이 사람들을 피한다. 그것도 무공까지 써가면서 말이다.

하지만 나쁘지 않았다. 이렇게 살아도 가족이 있고 친구가 있다.

"어서 오세요."

하우스펍에 들어서자 알바생이 꾸벅 인사를 한다. 그리곤 강산을 보고 고개를 갸우뚱거렸다. 어디서 많이 본 사람인데. 생각을 하며 일단은 자리로 안내하려는 알바생을 제치고 카운터에 있던 신재하가 나섰다.

"왔어?"

"안녕하셨어요."

"자식, 연락 좀 자주 하지."

"좀 바빠서요."

"이해는 하지만 서운하다. 너 때문에 인테리어도 다시 했는데 말이야."

신재하는 강산을 위해서 룸을 따로 만들었다. 유명인이 된 후에도 자주 오라며 배려해 준 것이다.

"앞으로는 자주 올게요."

"그래. 약속하는 거다?"

사장이 손수 나서며 손님을 안내하는 것을 보고서야 알바생은 그가 강산이란 것을 깨달았다. 어, 어, 하는 사이에 이미 두 사람은 멀어지고 말았다.

"안주는 알아서 내올 테니까 편하게 있어. 가기 전에 재숙이한테는 인사하고."

"셰프는 잘 지내죠?"

"요즘 연애한다."

"연애요?"

"너 재숙이 수술 받은 후에 한 번도 못 봤지?"

"네. 수술한다는 이야기만 들었었어요."

"야, 말도 마라. 진짜 현대 의학의 승리다. 심적으로도 안정이 되고 수술까지 받으니까 완전, 내 동생이라서가 아니라 진짜 그런 여자 없을 거다."

"수술 받기 전에도 셰프는 멋진 여자였어요."

"그래, 그래. 하여튼 네 덕이다. 고맙다."

룸에 들어가니 소주잔을 홀짝이는 민수가 보였다.

"어? 벌써 왔어? 집 아니었냐?"

"자려고 집에 가는 길이었다."

강산은 대강 둘러대고 맞은편에 앉았다.

"안주는 재숙이한테 말해서 알아서 내주면 되지?"

"네. 고마워요, 사장님."

"그래. 편하게 마셔."

"감사합니다."

신재하는 사람 좋은 미소를 보이며 룸을 나섰다.

"민수야. 무슨 일이야? 요즘 바쁘지 않아?"

"바쁘긴."

민수는 힘없는 목소리로 말하며 소주병을 잡았다. 강산은 그것을 빼앗아 그의 잔에 술을 따라주고는 자신의 잔도 채웠다.

두 사람은 말없이 술잔을 부딪치고 마시고, 잔을 채워주고 부딪치고 마셨다. 연거푸 석 잔을 마시고 나서야 민수는 씁쓸한 미소를 지으며 입을 열었다.

"나 잘렸다."

"잘려?"

퇴학이라도 당한건가?

"프로젝트 말이야."

뇌신경조직의 재활과 구성 및 보조라고 했던가.

"씨팔, 졸지에 새 됐다."

두 사람은 안주가 나오기도 전에 소주 두 병을 비웠다. 민수는 투덜거리면서 하소연을 해댔다.

"그러니까아. 어떻게 해야 하냐? 이제 와서 다른 프로젝트에 낄 수도 없거든. 새로 프로젝트를 하려 해도 시간이 부족해. 이러다 나 1년 더 다녀야 하지 싶다."

생각만 해도 끔찍했다. 학생들 간의 경쟁을 유도하는 수많은 강압적 제도 속에서 또다시 1년을 다녀야 한다니.

"왜 잘린 건데?"

"몰라아. 연구 지원금이 줄어서 그렇다는데. 국책 연구로 진행되는 프로젝트가 1년도 안 돼서 지원금이 준다는 게 말이 되냐?"

정부 과제로 프로젝트가 진행되면 매해 예산이 정해지고 그대로 집행이 된다. 그렇기 때문에 갑자기 연구지원금이 줄어드는 일은 있을 수 없는 일이었다.

"하긴. 소문이 지랄 같으니까 단속하는 걸지도 모르겠네."

"안 좋은 소문이라도 돌았나보네."

"그래. 이번 연구에 하도 많은 카데바가 쓰여서 별의별 소문이 다 돌았어."

"카데바?"

"아, 모르겠구나. 의료용 시신이야. 생전에 기증 의사를 밝히지 않는 이상, 겁나 비싼 돈 주고 사야 하는 진짜 사람 시체. 아, 씨팔. 그래서 비용이 딸린다는 건가?"

"소문은 뭔데?"

"그야 돈 주고도 구하기 힘든 카데바를 한 달에 서너 구씩 연구용으로 들여왔으니까. 사형수네, 일부러 사람을 죽여서 가져오는 거네, 말이 많았어. 대개가 죽은 지 얼마 안 된 시신들이었거든. 보존 상태도 좋았고."

민수는 소주를 들이켰다.

"프로젝트의 1단계는 카데바를 움직이게 하는 거였어. 뇌에 전자기기를 이식하고 프로그래밍된 신호를 줘서 팔을 들게 하거나 눈을 뜨게 하거나. 뭐 그런 말도 안 되는 짓을 의공학과 애들하고 협력해서 했었어."

"미친."

"그래, 미친 짓이지. 그래도 실제로 샘플이 있으니까 했지."

"샘플?"

"의학적으론 시체가 분명한데 움직이는 시체가 있었거든. 캬, 진짜 무슨 그런 사기를 치는지."

강산의 눈이 빛났다.

"움직이는 시체라니? 자세히 말해봐."

"별거 아냐. 실제로 본 것도 아니고. 움직이는 시체에 대한 데이터만 본 거거든. 에이, 생각해 보니까 뻘짓한 거 같네. 말이 돼? 사람이 죽으면 부패가 진행되고 근육이며 신경이며 다 못 쓰게 되는 건데. 지금 생각해 보니까 그 데이터가 가짜 아닐까 싶다."

민수가 소주병을 잡는 것을 강산이 빼앗았다.

"야······."

신경질을 내려던 그가 입을 꾹 다물었다. 강산의 표정이 무섭게 굳었기 때문이다.

"자세하게 말해보라니깐."

5장
노인의 질투

카이스트 바이오융합 연구소에서 진행되던 프로젝트의 기본 데이터는 되살아난 시체였다.

되살아난 사람이 아닌 시체.

그렇게 명시된 이유는 간단했다. 움직이고 행동하되 생각이 없다. 생전의 기억이나 습관, 버릇 등은 전혀 보이지 않았다. 그저 움직이고 행동할 뿐이었으니, 온전하게 사람이라고 보지 않았기 때문이다.

그 기간이 보름.

'강시가 움직일 수 있는 기간이지.'

인위적으로 만들어진 강시는 사람의 피를 먹여야만 지속적으로 활동할 수 있다. 피를 공급하지 않고 두면 보름 후에는 평범한 시체로 돌아가게 된다.

데이터를 넘겨준 곳이나 연구소에서는 혈액을 공급해야 한다는 사실을 몰랐던 것으로 보인다. 그렇지 않았다면 강시가 본래의 시체로 돌아가게 두지도, 연구를 하겠다고 설치지도 않았을 것이다.

'어째서?'

천종설이 강시의 제조법을 넘겼다면 그에 상응하는 유지 방법도 알려줬어야 한다. 그런데 민수의 말을 듣자니 만들어주기만 했을 뿐, 그 외의 제반 사항에 대한 것은 알려주지 않은 것으로 보인다.

그렇다면 대체 왜 만들어 줬을까? 상황으로 보아 제조법도 알려주지 않은 것 같은데, 왜 그랬을까?

'알려줘 봤자겠지만.'

강시의 제조는 본다고 흉내 낼 수도, 현대 과학의 힘으로 분석하여 재현할 수도 없다. 내공과 술법, 침술 등이 복합적으로 작용하는 제조법을 단순히 기(氣)라고 부르는 기운조차 명확하게 밝혀내지 못한 현대과학으로 따라할 수 있을까?

물론 시간이 주어진다면 풀어낼지도 모른다. 그만큼 과학은 눈부시게 빠른 진화를 이루고 있으니까.

'그렇게 둘 수는 없지.'

강산의 몸이 허공을 가로질렀다. 한적한 심야의 고속도로를 내달리는 차량들이 순식간에 멀어져 간다. 그야말로 어마어마한 속도다.

민수의 이야기를 들은 강산은 그를 집에 돌려보내고 곧장 카이스트로 향했다. 현재의 수준으로는 백날 연구해 봤자 성공하지 못할 일이다. 놔둬도 상관없지만 그가 직접 움직이는 이유는 하나였다.

가족이 엮일 수도 있다는 만에 하나의 가능성.

'어떻게 처리한다.'

건물을 폭삭 무너트려? 사람을 죄다 죽여?

아니다. 그렇게 되면 일이 너무 커진다. 게다가 데이터가 연구소 내에만 있으리란 보장은 없다. 애당초 외부에서 건너온 데이터니 연구소를 없애도 소용없다.

하지만 올 수밖에 없었다. 책임교수를 만나보고 일의 경과부터 알아내야 한다. 그리고 답이 없다면.

'어쩔 수 없지.'

지워야 한다. 깨끗하게. 그게 데이터가 되었든, 사람이 되었든 간에 말이다.

강산의 몸이 검은 빛줄기가 되어 하늘을 갈랐다.

＊　　　＊　　　＊

"커헉!"

반백의 머리칼을 가진 노교수가 가슴을 부여잡고 책상 위에 쓰러졌다. 쌓여 있던 각종 논문과 연구 자료들이 와르르 무너지며 노교수의 상체를 뒤덮었다.

왼쪽 눈에 기다란 칼자국이 있는 남자가 아무렇지도 않게 노교수를 지켜보았다. 이윽고 노교수의 몸이 축 늘어지자 남자는 무감정한 얼굴로 말했다.

"소원은 이뤘군."

평생을 연구하다 죽는 것이 소원이라던 사람이다. 차기 바이오융합 연구소의 소장으로까지 거론되던 사람이니, 그 정도 열정은 당연했다.

"과로로 인한 심장마비. 배려심 쩔어."

딱, 딱, 딱.

요란한 소리를 내며 껌을 씹는 여자가 들여다보고 있던 파일 하나를 쓰러진 노교수의 몸 위로 던졌다.

"유족 연금 꽤 나온다며? 좋겠네. 우린 연금도 없잖아?"

칼자국의 남자가 여자를 힐끔 쳐다보더니 몸을 돌렸다.

"고인 앞에서 경망스럽다."

"경망스럽긴. 시체가 발딱 일어나 빼빼거리고 돌아다니는 거 보다는 낫지 뭘."

남자는 비꼬는 여자의 말을 무시했다.

"대우받을 자격은 충분해."

"네, 네. 어련하시겠어요."

"데이터는?"

"다 지웠어요, 훌륭하신 팀장님."

"야누스는?"

"흐음~ 엑? 5분 이내로 도착?"

폰을 들여다 본 여자가 경악을 했다.

"아니, 이게 말이 돼? 서울서 여기까지 30분도 안 걸려? 이게 인간이야?"

"준비해."

남자는 곧바로 방을 나섰다.

"야! 팀장! 팀장님!"

*   *   *

강산은 바이오융합 연구소 옥상에 내려섰다.

'일단 내부부터.'

연구소 건물이기에 보안시스템이 잘되어 있을 거다. 그러니 본격적으로 움직이기 이전에 감시카메라의 위치와 내부

구조를 알아내야 했다.

퉁—

보이지 않은 기의 물결이 사방으로 퍼져 갔다. 초음파 검사와 비슷한 방식으로 건물 전체를 훑었다.

'카메라로 도배를 해놨네.'

어차피 감시카메라로는 그의 움직임을 잡지 못한다. 카메라가 찍을 수 있는 프레임의 한계를 넘기에 찍혀도 희미한 흔적만 남을 뿐이다.

하지만 당장 들어갈 입구가 중요했다. 옥상의 출입구 또한 카드키와 지문인식 방식으로 이중 보안 장치가 되어 있다. 이것을 부쉈다간 경보가 울리고 말 거다.

옥상 계단에 설치된 감시카메라의 위치를 확인하고 위치를 잡았다. 벽에 손을 얹고 다시 한 번 기를 퉁겼다.

'이쪽.'

이번에는 벽 안에 있을 배선을 읽었다. 이미 절대자의 경지에 올랐던 그의 내공수발은 여타의 고수들과는 차원을 달리했기에 가능한 일이다.

조사를 마친 그는 복면을 쓰고 문이 아닌, 벽에 손을 댔다. 그러자 손이 콘크리트 벽을 두부 으깨듯이 파고 들어갔다.

배선을 피해 손을 천천히 내리며 구멍을 뚫었다. 카메라의 사각지대였기에 찍힐 위험도 없었다..

적당한 크기로 구멍을 넓히고 안을 살폈다. 바로 위에 카메라가 설치되어 있었다.

강산은 천마잠행보와 천마비행술을 펼쳤다. 곧바로 책임교수를 찾아 알아낼 것만 알아보고 나가야 했다. 그의 몸은 한줄기 미풍이 되어 건물 내부로 향했다.

'징그럽군.'

중간중간 보안문이 몇 개나 있는지 모르겠다. 다행히도 사람 어깨 높이 정도의 보안문인지라 강산은 쉽게 문을 뛰어넘어 책임교수의 방 앞까지 올 수 있었다.

방 앞에 도착한 강산은 좋지 않은 느낌에 곧장 문을 박차고 들어갔다. 책상 위에 엎어져 있는 노교수가 보였다.

"어떻게 된 거야?"

싸늘하게 식은 노교수의 시신을 확인한 강산이 미간을 찌푸릴 때였다.

―아, 아. 하이! 강산 씨! 내 목소리 들려?

갑작스런 목소리에 주변을 둘러보니 탁자 위에 놓인 무전기가 보였다. 강산은 무전기를 들었다.

"누구냐."

―와우, 진짜 대단하네. 서울에서 대전까지 30분 만에 오다니. 그것도 뛰어 왔다며? 어쩜, 난 하체가 튼튼한 남자가 좋더라~

무전기를 쥔 손에 힘이 들어갔다. 말투도 짜증나고 딱, 딱 거리는 소리도 신경에 거슬렸다.

─난 수라고 해. 목소리밖에 들려주지 못해서 아쉽지만 어쩌겠어. 날 보면 강산 씨가 첫눈에 반할 텐데. 아아, 진짜 아쉽다~

"네가 교수를 죽였나?"

─어머, 무슨 그런 끔찍한 말씀을. 교수는 그저 과로사야, 과로사. 국가를 위해 충성을 다 바치다가 그리 되신 거지. 아아, 부러워. 누구는 죽어도 연금 따윈⋯⋯.

─수!

중간에 여자의 말을 막는 남자의 목소리가 들렸다.

'연금?'

─호홋! 미안. 내가 쓸데없는 말을 해버렸네. 하지만 괜찮지 않을까? 난 자기 편이거든.

"편?"

─그래. 강시에 관한 자료는 내가 다 없앴어. 그러니까 걱정하지 말고 집으로 돌아가도 돼.

"그걸 어떻게 믿지?"

─천종설, 아니지. 천기신뇌 위극소라고 말하면 되려나?

"너."

강산의 눈이 무섭게 빛났다. 중원의 이름을 안다는 것은 그들 또한 중원의 인간, 또 다른 환생자란 소리였다.

—걱정 마. 우린 조용히 살고 싶거든. 강산 씨가 그러는 것처럼.

내공을 폭발적으로 끌어올려 사방으로 기감을 펼쳤다. 무전기의 수신거리는 고작해야 몇 킬로미터 이하다. 하지만 그의 기감에 걸리는 것은 그저 평범한 사람들의 기척뿐이었다. 그런데 그 사람들이 점점 다가오는 것 같았다.

—참! 그 무전기, 중계기를 통해 연결되어 있거든? 우리 아주 멀리~ 떨어져 있다는 소리야. 절대 못 찾아. 아무리 당신이라도 말이지. 그리고 말이야. 빨리 거길 나가는 게 좋을 걸?

"뭐?"

—자기, 혹시 문 부수지 않았어?

"…제길."

급한 마음에 문을 부수듯이 열어버렸다. 아마도 그것이 보안시스템을 작동시킨 것 같았다.

—나중에 연락할게. 언젠가는 만날 수 있을 거야. 그때 되면 알지?

알았다. 네놈들 주리를 틀어버리는 날로 예약하마.

강산은 인상을 구기며 경공을 펼쳤다. 정체를 숨기는 놈들은 신용할 수 없다. 자신을 알면서 헛걸음까지 시켰다는 점도 마음에 들지 않았다.

―마지막으로 한 가지 조언을 해줄게. 지금까지 만들어진 강시가 꽤 된데. 우리가 나서기는 조금 애매해서~ 자기가 조금 귀찮음을 감수해야 할지도 몰라~

딱! 하는 소리를 마지막으로 무전이 끊겼다.

강산의 눈살이 찌푸려졌다.

"자기?"

주리가 아니라 주둥이를 비틀어 버려야겠다.

*   *   *

강산은 조용히 방으로 돌아왔다. 옷을 갈아입고 서랍을 열었다. 서랍 구석에는 바느질 꾸러미가 있었다. 꾸러미를 꺼낸 강산은 편하게 앉았다.

'연금이라.'

연금 운운하는 것을 보아 나라의 녹을 먹는, 국민의 세금으로 사는 녀석들 같다. 공무원이라는 소린데, 대체로 그런 짓을 하는 녀석들은 아버지 회사 녀석들이다.

'아니야. 국정원이라고 단정 지을 순 없지.'

과거에도 수많은 정보조직이 존재했다. 명문정파라는 녀석들도 정보조직이나 암살대를 가지고 있는 경우가 많았다. 거기에 미루어 생각했을 때, 녀석들은 다른 곳일 가능성이 있었다.

더구나 녀석들은 천기신뇌 위극소를 말했다. 천종설이 아니라 위극소.

천종설은 환생한 무인들을 자기 입맛대로 다루려 했다. 그것은 족쇄다. 자존심을 건드리고 직접 죽이기까지 했다. 다른 환생자들이 그걸 모를 리가 없다.

즉, 녀석들은 그런 천종설에 반하는 세력일 수도 있다.

그렇다면 또 다른 세력도 있을까? 환생자들이 모여 꿍짝거리는 비밀 세력 같은 것?

'쓸데없는 고민이다.'

강산은 바늘귀에 실을 꿰었다. 그리고 능숙하게 매듭을 짓고 오늘 입고 나갔던 옷을 들었다.

최대한의 경공을 펼쳤다. 그 속도, 풍압에 옷이 멀쩡할 리가 없다. 그렇다고 어머니한테 들키면 걱정을 끼치게 된다.

경공만이 아니다. 무공 수련을 하며 걱정을 끼치지 않기 위해서 몰래 하던 바느질이 이제는 달인의 수준이 되었다.

사사삭!

순식간에 오뎅 꼬치의 달인이 오뎅을 꿰는 것처럼 바늘 몸통에 천이 줄줄이 꿰인다. 슥, 슥 몇 번 손이 오가자 감쪽같이 수선이 된다.

옷을 버리고 새 옷을 사는 것도 방법이다. 그러나 어머니는 아들들 양말과 팬티 개수까지 외고 계신다. 옷 하나가 없어지면 어디 갔냐고 꼬치꼬치 캐묻는 분이셨다.

'설마. 아직도 그러실까?'

살림이 나아졌다. 그것도 아주 많이.

바느질 매듭을 짓고 손에 들린 바늘을 바라봤다. 습관이란 무섭다. 항상 해오던 대로 바느질을 한다. 돈에 구애받지 않는 삶을 살면서도 부모님의 검소함을 닮아버렸다.

"흐음."

기분 좋은 일이다. 자식이 부모를 닮는 건 당연하다.

"다 됐다."

손바느질이라고 생각할 수 없을 정도로 완벽하고 깨끗하게 수선이 끝났다. 마치 막 공장 재봉틀에서 나온 옷처럼 멀쩡한 옷으로 변했다.

"누가 뭘 하든 내 앞에 알짱거리면 뭐, 한꺼번에 꿰매주지."

음모, 살수, 모략, 함정, 계략, 책략······.

무엇이듯 일거에 깨부수고 돌파해 왔다. 어떤 놈들이 무슨 짓을 하더라도 해결할 수 있는 자신이 있다.

"그게 천하제일의 무게지."

강산의 손에 들린 바늘 끝이 날카롭게 빛났다.

강산은 이서경과 한지겸을 만났다. 천종설과 강시, 정체불명의 수라는 여자에 관한 이야기 때문이다.

"꼬리 자르기 같긴 한데."

　정체가 발각될 위기에 처하자 관련자를 처치하고 자료를 없앴다. 수라는 여자가 강산의 편이라고 말을 했어도 그걸 곧이곧대로 믿을 수는 없었다.

　하지만 이서경의 생각은 조금 다른 것 같았다.

"요즘 사람들의 관계는 과거와는 달라. 어쩌면 그들은 뒤늦게 강시에 대한 사실을 알았을 수도 있어. 정보조직 내에서도 노선에 따라 서로 숨기고 속이는 일이 비일비재하니까. 연금 운운한 걸로 봐서는 국정원이나 그에 준하는 조직일 거 같은데… 마침 천종설이 실종되었다며?"

　천종설이 실종되고 강산의 아버지는 진급을 했다. 국정원 내에서까지 진급한 건지는 모른다. 그래도 공작 자금까지 조달하는 위장기업의 대표가 된 일을 단순하게 볼 수는 없었다.

"국정원 내에서도 알력 다툼이 있을 수 있어. 대통령 직속 기관이지만 여차하면 버리는 패로도 사용된 적이 많으니까."

　대통령의 명령에 따라 일을 진행해도 결과가 나쁘면 국정원의 독단이라고 몰아붙인다. 그럴 때마다 차장급 정도가 책임을 지고 물러나곤 했다.

이서경이 생각하기에는 천종설의 실종도 그 연장선이 아닐까 싶었다.

"강시의 제조가 어렵기는 해. 개인이라면 모든 조건을 갖추기가 힘들겠지. 하지만 국가의 힘을 이용한다면 어느 정도 가능하잖아? 천종설이 국정원의 고위관리자와 모종의 관련을 맺고 일을 추진했을 가능성이 커. 그러다가 결과가 시원치 않으니까 팽을 당한 거라고 봐야지 않을까."

토사구팽을 당해도 천종설은 고수다. 게다가 다방면에서 유능한 기인이다. 쉽게 당할 인물이 아니다. 그걸 알고 있는 한지겸의 입에서도 좋은 말이 나올 리가 없다.

"튄 거겠지. 강시 제조하는 걸로 돈이라도 잔뜩 빼돌리고……."

"돈에 연연할 사람은 아니잖아. 그도 우리와 같은 입장이면 충분히 대비했을 테니까."

천종설도 환생한 사람이다. 과거의 기억도 가지고 있고 한 차례의 회귀도 겪었다. 그런 자가 돈 때문에 사고를 칠 이유는 없었다.

"그야 그렇지. 하지만 달리 강시를 만들 이유가 없잖아? 강시 따위 만들어서 뭐에 쓰게?"

하급 강시의 효용은 그다지 크지 않다. 무인으로 치자면 삼류나 겨우 될까 싶다. 하급 강시가 무서운 점은 고통을 모른

다는 것과 머리를 자르거나 부수지 않는 한은 죽지 않는다는
점 정도다.

"그 강시를 이용해서 전국 조폭 계보를 바꾸었지."

"그거야 익숙하지 않아서 그렇지. 사람으로 보이는데 누가
머리를 노리겠어?"

아무리 조폭이라고 해도 머리를 잘라 버리거나 날려 버릴
생각은 못했을 거다. 다른 곳이야 아무리 칼로 베고 찔러도
소용이 없었을 거고.

게다가 인위적으로 만들어진 강시는 혼자 움직이지 않는
다. 조정하는 술사가 있었고 술사는 강시가 허무하게 당하도
록 두지는 않는다.

"산아. 강시가 피를 마시는 일이 문제가 된 건 아닐까?"

술사의 명령 없이는 처음부터 피를 먹진 않는다. 육체에 치
명적인 상처가 생기거나 에너지가 다해갈 때에야 스스로 몸
을 고치기 위해 본능적으로 피를 탐하게 된다.

확실히 마지막 현장은 이전과는 달랐다. 죽은 사람의 수와
상처에 비해 피가 현저히 적었다. 그건 강현이 이전의 사건파
일로 확인해 주었다. 아마 강시가 움직일 수 있는 시간이 얼
마 남지 않은 상황에서 상처마저 깊게 입었던 걸지도 모른다.

그런 상태에서 강시가 본능적으로 피를 탐했다면 술사 또
한 당황했을 것이다. 조직에 속한 자였다면 당연히 보고를 했

을 것이고 강시가 피를 마시며 스스로를 치유하는 모습을 심각하게 여겼을지도 모른다.

죽은 시체가 살아나고 계속적으로 움직이기 위해 산 사람의 피를 갈구한다. 그건 나름대로의 전략적 이용 가치가 있다고 해도 위험한 일이다.

그래서 계획을 폐기했다?

"말이 안 돼."

강산이 단호하게 말했다.

"왜?"

"관련 자료를 모조리 파기했다면 남아 있는 강시에 대한 경고는 하지 않았어야지. 수라고 한 그 여자는 이미 만들어진 강시들이 꽤 된다고 했어. 자신들이 나설 수 없다고도 했고."

이서경의 표정이 한층 심각해졌다.

"설마 강시를 이용해서 뭔 짓을 벌이려는 미친 작자가 있는 건 아니겠지?"

이미 만들어진 강시들이 있고 그것들을 막아야 한다는 뜻으로 한 말이라면, 누군가가 그 강시들을 이용할 생각을 하고 있다는 이야기다.

세상에 그냥 드러낼 수 없는 강시이니 생산적인 일에 쓰지는 못한다. 그렇다면 마냥 풀어놓고 분탕질을 치는 일밖에 없다.

"열 명 중에 하나 꼴로 미친놈이 존재한다면, 천 명 중에는 백 명이 있다는 소리지."

현재 세계인구는 과거에 비할 바가 아니다. 그만큼 제정신이 아닌 자들도 많다는 소리다.

"그게 천종설이 아니길 바랄 뿐이야."

만약 천종설이 꾸민 일이라면 문제가 심각해진다. 그는 환생자에 대해서 알고 있다. 충분히 대비할 수 있고 그만한 능력도 있는 자다.

"골치 아프네."

한지겸이 콧잔등을 주무르며 인상을 썼다. 이서경도 비슷한 심정이었다. 천종설의 별호가 괜히 천기신뇌가 아니다. 그가 마음먹고 숨는다면 어떻게 찾아야 할지 난감했다.

"서경아, 지겸아."

"응?"

"어."

"찾는 것도 중요하지만, 그보다 먼저 해야 할 일이 있어."

두 사람이 강산의 입술에 집중했다. 지금 상황에서 천종설을 찾는 것 외에 무엇이 더 중요하다는 걸까?

"우리 주변 사람들의 보호가 우선이야."

그랬다. 세 사람이라면 얼마든지 대응이 가능하다. 하지만 주변의 가족이나 친구들은 아니다. 그들을 언제나 곁에서 지

커줄 수는 없는 노릇이다.

다만, 강산의 입에서 그런 말이 나온 것이 의외였다.

지금까지 강산은 딱히 주변 사람들에 대해 신경을 쓰는 눈치가 아니었다. 일견 과거처럼 무심하게 자신의 길만 가는 것처럼 느껴졌었다.

하지만 그건 그들의 착각이었다.

중원에서와 달리 이 세상은 대놓고 사람을 죽이려 드는 자는 없었다. 사람이 사람을 죽이는 것은 범죄였고 시도 때도 없이 총성이 울리는 위험한 나라도 아니었다.

우범지대에 사는 것도 아니요, 부모님이 위험한 일—국정원 일이 위험하긴 해도 아버지는 위험한 현장요원이 아니었다—을 하시는 것도 아니었다.

위험한 것은 교통사고나 건물 붕괴사고, 다리가 끊어지거나 배가 침몰하고 비행기가 추락하는 등의, 어떻게 대응할 수 없는 불가항력적인 사고였다.

모든 일에 자신이 대비할 수는 없다. 강산은 자신이 할 수 있는 최선의 선택을 했고 그 외의 것은 거대한 운명의 흐름에 맡겼다. 하늘은 변덕쟁이와도 같아서 매일 물 한 잔 떠 놓고 빈다고 사람의 바람을 들어주지는 않는다. 그저 노력하고 또 노력해서 할 수 있는 최선을 다할 뿐이다.

진인사대천명이라 했던가?

할 수 있는 노력은 모두 하고 결과는 하늘의 뜻에 맡긴다고
했다. 일견 나약하게 보일는지 몰라도, 안 되는 것에 미련을
둘 정도로 못나지는 않았다.

강산은 자신의 상황에서 할 수 있는 최선을 다했다. 이 세
상의 흐름에 맞춰서 평범하게 살려고 노력했고 함부로 무공
을 퍼트려 혼란을 일으키지도 않았다.

그 결실로 지금의 삶은 그 어느 때보다도 행복하고 만족스
러웠다. 천종설로 인해 강시가 세상에 나타나기 전까지는 말
이다.

강시는 엄밀히 말해 이 세상의 것이 아니다. 본래는 사라졌
어야 할, 고대의 유산이나 마찬가지다.

그리고 그건 강산과 무관하다고 할 수 없었다. 중원의 일이
었으며 그가 천종설을 살려뒀기 때문이기도 했었다. 이번만
큼은 적극적으로 대처해야 할 일이었다.

"알았어. 최고의 경호원을 고용할게. 근접 경호는 최소로
하고 동선에 맞춰 요소요소에 배치하면 문제없을 거야."

이서경은 강산의 뜻을 읽고 곧바로 답을 했다. 개개인에게
경호를 붙이면 아무래도 불편하다. 더구나 강산의 아버지는
국정원의 요원 신분이다. 신분을 숨기고 있는 사람에게 근접
경호원을 붙일 수는 없었다.

대신 출퇴근길과 생활 반경 내에 경호 인력을 배치할 생각

이었다. 농구로 말하자면 지역 방어를 하는 셈이었다.

"역시 재벌가네. 그럼 난 아버지하고 상의해서 경찰들을 좀 귀찮게 해야겠다. 어차피 조폭 사건 때문에 치안 강화는 어렵지 않을 거야."

다음 총선에서 서울 강남갑 단일후보로 예정되어 있는 한병관의 인맥이라면 어렵지 않을 일이었다.

다행한 일이었다. 친구들 덕에 가족의 삶을 희생시키지 않아도 지킬 방법이 생겼다. 전생에서는 자신이 지킬 수 있는 범위 안에 가족을 두기 위해 많은 것을 포기하게 해야 했었다. 그렇게 했어도 결국 지키지 못했지만, 이번에는 다를 것이다.

"고맙다."

강산의 진심어린 감사에 이서경은 웃었고 한지겸은 멋쩍은 듯이 고개를 돌렸다.

*   *   *

이서경은 사무실로 돌아와 곧바로 장경배를 불러 이야기를 나눴다.

"으음. 그 정도까지 해야 하는 겁니까?"

강산의 일이라면 물불을 가리지 않는 이서경의 행동이 못

마땅했다. 그가 대단한 인재임은 인정한다. 세세적으로도 유명한 사람이 되었고 그만한 능력도 확인했다.

하지만 세계 최고의 경호교육기관인 IBA에 직접 연락을 취해 스페셜리스트를 불러 지역 경호를 맡기는 일은 아무리 생각해도 과한 일이었다.

IBA, International Bodyguard Association은 1957년 프랑스의 루시엥 빅토르 오뜨에 의해 설립된 세계 최고의 경호전문 교육기관이다. 오랜 역사만큼이나 세계적으로 유명한 민간군사기업, 경호기업의 요원들은 대부분 이곳의 교육을 받았다.

그중에서도 IBA에서 직접 운영하는 경호부대가 있다.

레종 에트랑제.

프랑스의 외인부대 이름과 같다. IBA는 외인부대와 같은 이름의 스페셜리스트로 레종 에트랑제를 운영했다.

세계 각국의 지부에서 훈련을 받고 일선에서 활동하는 요원들 중에 최고의 실력과 경험을 겸비한 이들로 구성된 특별 경호부대다. 인종과 국적을 뛰어넘어 최고의 실력자들로 구성되었기에 레종 에트랑제라 불렀다. 그만큼 자긍심도 강해서 아무 경호나 맡지는 않는다.

그런데 이서경은 강산의 주변인들 경호를 위해 그들을 부르라 한다. 상식적으로 말도 안 되고 불가능한 일이다. 하지만 이서경이 이처럼 쉽게 말할 수 있는 이유가 있었다.

"받을 빚이 있으시잖아요."

그녀가 싱긋 웃어 보였다. 그 웃음이 이렇게나 얄미울 줄은 몰랐다.

"예, 분명 있기는 하죠. 그래도 이건 아니지 않습니까?"

장경배가 한창 용병으로 살던 시절이었다. 현재 IBA 총재인 제임스 쇼트가 아프가니스탄에 경호팀장으로 파견되었을 때, 장경배도 당시 함께 작전을 수행하게 되었던 용병 중에 하나였다.

탈레반의 세력권도 아니었다. 비교적 안전하고 간단한 임무였고 그 임무도 거의 끝날 때쯤이었다. 긴장이 풀릴 그 무렵, 탈레반의 갑작스런 습격이 있었다. 어떻게 알았는지 녀석들이 미리 침투해 있었던 것이다.

습격 속에서 제임스를 구한 것이 장경배였다. 지척에서 포탄이 터져 정신을 잃은 제임스를 챙겨 끝까지 포기하지 않고 달아나 미군과 합류했었다.

그때의 인연으로 현재까지도 종종 연락을 하는 두 사람이었다. 장경배의 나이가 더 많았기에 형님, 동생 하는 사이기도 했다.

제임스는 IBA 총재에 오른 후에 장경배를 불렀었다. IBA에서 후학 양성에 힘을 보태달라는 제의였다. 그것으로 은혜를

갚으려 했었는데, 장경배가 한국으로 와버렸넌 섯이었나.

"해주세요."

이서경이 또다시 웃는다. 장경배에게 있어서 딸처럼, 손녀처럼 여겨지는 소중한 존재다. 그래서 강산이 얄밉고 마음에 들지 않아도 어쩔 수 없다. 이서경이 좋아하는 일은 어떻게든 해주고 싶은 것이 그의 마음이었다.

장경배가 아빠처럼, 인자한 할아버지처럼 미소를 지었다.

"예, 알겠습니다. 그리하지요."

무료로 해달라는 것도 아니다. 목숨 빚이 있으니 할인해 달라고 할 것도 아니다. 그저 레종 에트랑제를 정식으로 고용할 수 있게 해달라는 일이니 별일이 없다면 될 것이다.

강산, 그 녀석은 얼마나 복 터진 놈인지. 전생에 골백번은 나라를 구했을지도 모르겠다.

6장
도발

강현의 심장이 빠르게 뛰었다.

'찾았다.'

조직폭력배 살인 사건은 오리무중에 빠지는 듯했다. 사건이 사건인지라 상부에서는 최대한 비밀에 부치도록 했었고 수사는 철저하게 비공개로 이루어지고 있었기 때문이다.

그래도 대한민국 경찰의 집요함은 결국 해결의 실마리를 찾아내게 만들었다.

광역수사대의 인원을 보충하고 발로 뛰었다. 현장을 지나는 출퇴근 차량과 유통, 택배 등의 운송업체 차량까지 전부 찾아 블랙박스를 회수했다. 무작위 탐문수사로 사건 당일 휴대폰 사진이나 동영상을 찍은 사람들까지 죄다 찾아다녔다.

성과는 있었다. 지금 강현이 들고 있는 두 장의 사진. 위에서 아래로 찍은 사진이었다.

웃기게도 이 사진 또한 불법 촬영된 것이었다. 사진의 제공자는 도심에서 불법으로 드론을 날리던 청소년이었다. 녀석들은 호기심에 온라인에서 무인항공기, 드론을 구입하여 그날 시험 비행을 한 것이었다.

의도야 뻔했다. 도촬이라도 하려던 불순한 의도였다. 녀석들은 끝까지 시치미를 떼려 했지만, 형사들은 그리 녹록치 않았다.

어르고 달래며 협박까지 한 끝에 드론을 날린 사실을 확인받았고, 봐주는 대신 드론을 통째로 압수할 수 있었다.

한 장의 사진에는 세 남자가, 다른 한 장에는 차량이 찍혀 있었다. CCTV의 사각지대에 교묘하게 숨겨놓은 차였다.

다행이도 차량의 번호판은 선명하게 나와 있었다. 그때만큼은 법을 어긴 청소년들이 예뻤었다. 드론의 카메라를 HD급으로 바꾼 게 녀석들이었기 때문이었다.

차적 조회를 해보니 엉뚱한 번호판이었다. 그래도 찾는 것은 어렵지 않았다. 무식하게 시작했으니 무식하게 끝을 봤다. 전국 도로의 CCTV를 죄다 확인한 것이다.

차량과 이동경로를 파악한 다음에는 헬기까지 동원했다. 순찰차도 총동원해서 지역지역을 이 잡듯이 뒤져 결국 차를 찾아냈다.

천만다행이었다. 녀석들은 차량을 폐기 처리하지 않고 교외의 외딴 단독주택 주차장에 세워놓고 있었다.

─포위 끝났습니다.

사이렌을 끄고 접근한 경찰들은 권총으로 무장을 한 채로 주택을 에워쌌다. 범죄의 흉악성이 워낙 엄청났기에 발포 허가까지 내려진 상태였다.

강현은 무전기를 들었다.

"조금이라도 반항할 기미가 보이면 망설이지 말고 방아쇠를 당기세요. 무력화가 아닙니다. 모든 건 제가 책임질 테니 무조건 사살하세요."

아무리 생각을 해도 위험한 사건이다. 범인들의 수법이 잔혹했고 권총을 든 형사까지 죽임을 당했다. 그런 놈들을 어설프게 제압하려 했다가는 어떤 꼴을 당할지 몰랐다.

─검사님. 그래도 그건 좀······.

형사들의 걱정은 당연했다. 아무리 흉악한 범죄자라도 처음부터 사살을 생각했다는 것이 알려지면 언론에서 들고일어날 것이 뻔했다. 인권단체에서도 입에 거품을 물고 경찰을 물어뜯을 것이다.

"언론에서 뭐라고 하면 제가 시켰다고 하세요. 여러분이 죽거나 다치느니 차라리 제가 옷을 벗겠습니다."

말과는 달랐다. 옷 벗을 생각은 전혀 없었다. 다만 확신할 뿐이다.

강현은 금강현마공을 익혔다. 완전한 무공을 배운 것이 아닌, 그저 내공심법 하나를 배웠을 뿐이다. 그러나 그 내공심법이 신공이라 불릴 정도의 심법이다. 그 공능은 감이라는 영역을 개척해 주었다.

지금까지 스스로 괜찮다고 느낀 것은 괜찮았고 나쁘다고 느낀 것은 나빴다. 여자의 직감이 무섭다고들 하는데, 강현의 직감 또한 그보다 더하면 더했지 덜하지는 않았다.

물론 그게 강산이 심어놓은 내공심법 때문이라는 사실은 알지 못했다. 다만 그는 자신의 감을 믿었고 그 감이 이번 사건을 매우 위험하다고 인식했을 뿐이다.

형사들은 강현의 당찬 선언에 혀를 내둘렀다.

초출 검사라고 만만하게 보지는 않는다. 검사하고 척을 지었다가 죽어라 고생하는 건 경찰인 것이 현실이니까. 그래도 검사가 수사 지휘를, 그것도 초출이 한다고 하면 우습게 여기게 마련이다.

하지만 강현은 달랐다. 그는 맥락을 짚을 줄 알았고 현장을 곧잘 이해했다. 마치 본능적으로 아는 것처럼 행동했다.

현장을 모르고 무조건 까라는 초출 검사가 아니었다. 직접 경찰서에 와서 청장까지 독대하고 수사인력 확충에까지 힘을 썼다. 아슬아슬하게 가능과 불가능 사이의 경계를 줄타기하며 형사들을 한계까지 쥐어짰다.

스스로도 열심히 조사를 했다. 형사들과 마찬가지로 발로 뛰고 땀을 흘렸다.

그렇기에 인정할 수밖에 없었다.

─아닙니다. 저희가 알아서 하겠습니다. 피해가 가지 않게 할 테니 걱정 마십시오. 영감님.

임관한 지 얼마 되지 않은 검사에게는 영감이란 호칭을 쓰지는 않는다. 대법원에서는 아예 영감이란 칭호를 없애도록 하기까지 했다.

그래도 형사들은 일선의 명망 높은 검사에게는 영감님이라 부르곤 한다. 달리 말해서 새내기 검사에게는 절대 하지 않는 호칭이란 말이다. 그 호칭을 형사들이 사용했다.

"다들 몸조심하세요. 절대 무리하지 마시고요."

─알겠습니다. 그럼 시작하겠습니다.

형사들이 담장 너머를 살피더니 조용히 담을 넘었다. 대문이 열리고 강현은 그 문으로 당당히 걸어 들어가 확성기를 손에 쥐었다.

─들리나? 난 중앙지검의 강현 검사다. 너희들은 현재 연

쇄살인 사건의 용의자로 지목된 상태다. 이곳은 포위되어 있으니 순순히 문을 열고 나와 수사에 협조해 주기 바란다.

안에서는 아무런 반응도 없었다. 밖의 동정을 살피거나 동요가 일어나는 낌새도 보이지 않았다.

강현은 다시 무전기를 들었다.

"절대 단독행동 하지 마세요. 방에도 함부로 뛰어들면 안 됩니다. 철저하게 동료를 시야에 두고 움직이세요."

—알겠습니다.

"좋습니다. 돌입하세요."

형사들이 집으로 접근했다. 현관으로 다가간 형사가 조심스럽게 손잡이를 돌렸다. 슬쩍 뒤를 돌아본다. 문이 잠겨 있지 않았다. 그대로 문을 활짝 열어 안을 살폈다. 강현의 조언대로 함부로 뛰어들지 않고 시야를 확보했다.

형사들의 감도 만만치 않았다. 무겁게 가라앉은 주택의 공기가 께름칙했다.

열린 문으로 훅 끼쳐오는 지독한 냄새. 피 냄새와 썩은 내가 진동을 했다. 형사들이 더욱 조심하며 안으로 들어갔다. 대낮인대도 불구하고 실내는 어두웠다.

앞장선 형사가 벽을 더듬어 불을 켰다. 환하게 밝혀진 실내, 그리고 보이는 광경.

널찍한 거실에 시체가 널려 있었다. 시체에는 구더기와 파리가 들끓었다. 그리고 그 가운데에 한 사람이 우두커니 서 있었다.

"꼼짝 마!"

형사의 외침에 거실 중앙에 서 있던 남자가 서서히 고개를 들었다. 전신에도, 입가에도 검붉은 피딱지가 덜렁거리는 끔찍한 모습이었다.

경험이 많은 고참 형사도 등골이 쭈뼛한 광경이었다. 그의 목소리가 날카롭게 뻗어나가며 총구가 앞으로 향했다.

"경찰이다! 손들고 무릎 꿇어!"

그의 말을 들은 것일까? 중앙에 서 있던 남자가 천천히 손을 올렸다. 지옥 같은 광경에 몸서리치던 형사들이 안도할 찰나, 믿지 못할 일이 벌어졌다.

"조 형사님!"

서 있던 남자가 순식간에 형사의 앞으로 쇄도했다. 남자의 손이 목울대를 움켜쥐었고 그대로 들어올렸다.

"크흑!"

"놔! 당장 손 놔! 쏜다!"

곁에 있던 형사가 막 방아쇠를 당기려는 찰나, 남자가 손에 잡힌 형사를 확 잡아당겼다.

으적, 끔찍한 소리와 함께 형사의 목에 남자의 이빨이 틀어박혔다.

타타앙—!

목을 물린 형사의 총구와 곁에 있던 형사의 총구가 동시에 불을 뿜었다. 한 발은 가슴에, 한 발은 다리에 틀어박혔다.

탕, 타타탕! 탕! 탕!

총알이 틀어박히며 피가 튀었다. 그래도 꿈쩍도 하지 않는다. 형사들은 미친 듯이 총을 쏴댔다. 6발의 총알이 전부 소진되는 건 순식간이었다.

그래도 남자는 서 있었다. 전신에서 반쯤 응고된 피를 흘리며 형사의 목에서 입을 떼지 않은 채였다.

"으아아아아!"

형사 하나가 총을 거꾸로 쥐고 손잡이로 남자의 머리를 가격했다.

퍽, 퍽!

세 번째 휘두르는 형사의 팔을 남자가 잡았다. 그제야 물고 있던 형사를 놓으며 남자가 짐승 같은 소리를 흘렸다.

"그르르!"

물렸던 형사가 힘없이 쓰러졌다. 남자는 팔을 잡은 남자를 끌어당겼다.

"잡아!"

형사들이 우르르 달려들어 남자의 팔다리를 붙잡았다. 하지만 건장한 형사들의 힘으로도 남자를 완전히 제압할 수는 없었다.

"으아악!"

팔꿈치로 남자의 얼굴을 막으려던 형사가 팔뚝을 물렸다. 살점이 뜯기는 소리와 함께 비명이 터졌다.

"이 새끼, 죽어!"

형사들이 미친 듯이 남자를 난타했다. 반쯤 부서져 나뒹굴던 의자와 테이블까지 들어 남자를 후려쳤다. 그래도 남자는 몸이 흔들리기만 할 뿐, 굳건하게 서서 버텼다.

"이 개새끼가!"

급기야 형사 하나가 남자의 어깨를 물었다. 뾰족한 의자 파편으로 복부를 찔렀다.

"크아아!"

그제야 남자, 강시가 괴성을 지르며 몸을 사방으로 휘둘렀다. 형사들이 강시의 완력을 이기지 못하고 줄줄이 나가떨어졌다.

"뭐야!"

"쏴! 저 새끼 쏴! 죽여 버려!"

뒤이어 진입한 형사들을 보며 안에 있던 형사들이 악을 질렀다. 형사들은 곧바로 권총을 겨누고 반사적으로 방아쇠를 당겼다.

거실에 있던 시체들은 모두 강시였다. 시간이 흐르고 강시들은 본능적으로 서로의 피를 갈구했다. 살기 위해서, 아니, 조금이라도 더 움직이기 위한 본능이었다.

그리고 그 결과로 하나의 강시가 남았다. 다른 강시의 기운을 모조리 흡수하게 되어버린 강시는 기존보다 배는 강해진 상태였다. 그런 강시가 형사들을 도륙하고 있었다.

"꺼어억!"

총알에도, 있는 힘껏 휘두르는 공격에도 강시는 치명적인 상처를 입지 않았다. 복부를 찌른 날카로운 나무 조각은 한 뼘도 파고들지 못했었다. 그만큼 단단해지고 강해진 강시였다.

그렇게 형사들이 패닉에 빠지고 또다시 한 명이 희생되기 직전이었다.

"비켜!"

형사들의 정신이 번쩍 들었다. 그들은 반사적으로 강시에게서 떨어졌다.

빠악!

요란한 소리와 함께 강시의 고개가 휙 돌아가며 거실 중앙에 나동그라졌다.

"모두 물러서!"

형사들 사이로 난입하여 한 방을 날린 것은 강현이었다. 그의 외침에 형사들은 쓰러진 동료를 뒤로 잡아끌었다.

"다들 당장 나가!"

"영감님!"

"어서!"

강현은 신경질적으로 외치며 슬쩍 손목을 풀었다.

'썅, 무슨 쇳덩이를 친 것 같네.'

강현은 자신의 신체 능력에 관해서 잘 알고 있었다. 강산이 그동안 꾸준히 강현을 단련시키며 주지시켰기 때문이다.

금강현마공을 숨 쉬는 것처럼 자연스럽게 운용하는 강현이었기에, 강산은 그저 강해진 힘을 다룰 수 있게 도왔다.

다른 설명은 일체 배제하고 그저 힘에 적응하도록 했고, 이용하도록 했으며, 숨길 수 있게 해주었다.

강현이 이번 사건에 대해서 강산을 떠올리고 도움을 받으려 했던 데에는 그러한 사정이 있었다. 특별한 동생, 남다른 동생, 자신의 이런 힘으로도 어떻게 할 수 없었던 동생.

어렴풋이 느끼고는 있었다. 이런 힘을 가지게 된 것이 동생의 알 수 없는 능력 때문이라는 것을 말이다.

때때로 두렵기는 했다. 동생이지만 그 속을 알 수가 없고 감추고 있는 능력도 모른다. 미지는 호기심을 자극하지만 공포도 동반한다.

그러나 동생이다. 그리고 그 덕에 오늘 이렇게 사람을 구할 수 있게 되었다.

'산아. 고맙긴 한데, 어쩌냐. 방금 전력으로 때린 거였는데 저 자식 일어난다.'

강현의 얼굴이 울고 싶은 것처럼 변했다.

어렸을 때부터 강산에게 꾸준히 추궁과혈을 받았다. 전신의 혈도가 막힘없이 트였고 숨을 쉬는 일이 금강현마공을 운기하는 일이 되었다.

덕분에 내공은 착실하게 쌓였다. 대략 20년 내공이 그의 단전에 똬리를 틀고 있었다.

20년 내공이면 상당한 수준이다. 이류에 가까운 내공 수위다. 내공을 움직여 주먹에 집중하면 사람 머리만 한 돌덩이는 일격에 부술 정도다. 그것이 돌이 아니라 사람 머리라면 말할 것도 없다.

강현의 주먹은 분명 그 정도 위력이 있었다. 평범한 사람이라면 가볍게 지른 주먹질에도 전치 8주 이상이 나올 지경이다.

퍼억!

강시의 복부를 걷어찼다. 이번에도 전력을 다한 앞차기였다.

"아, 욕 나오네."

뒤로 쓰러진 강시가 재차 몸을 일으킨다. 벌써 수십 차례의 공방이 오갔다. 주먹을 날리고 발로 차고, 딱히 대단한 무공을 배우지 못한 그가 할 수 있는 최선의 공격을 했다. 그런데도 녀석이 몸을 일으킨다.

강현의 몸도 정상은 아니었다. 신체 능력이 월등해져 녀석의 공격을 피하는 건 어렵지 않았다. 그러나 강시와는 달리 체력의 한계는 존재했다. 이미 그의 몸에도 여기저기 상처가 즐비했다.

'이게 사람이야?'

강시에 대해서 잘 모르는 그였다. 아직도 사람으로 생각하고 있었기에 좀 더 강경하게 대응하지 못하고 있었다.

그가 형사들에게 내렸던 명령은 반항 시 사살이었다. 하지만 그렇다고 진짜 마구 사람을 죽인다면 그건 경찰이, 검사가 아니었다. 그의 명령은 녀석들의 머릿수가 많고 위험한 경우에 꺼리지 말고 발포하란 말이었다.

범인을 확실하게 잡겠다는 강력한 의지의 피력이었고 그러다가 죽으면 어쩔 수 없는 일. 책임은 자신이 진다는 소리였다.

권총은 군부대에서 쓰는 소총과는 달랐다. 강선이 없는 권총은 살상력보다 저지력이 강한 무기다. 총알에 회전이 거의 없기에 군부대의 소총처럼 장기를 헤집어 회생 불가의 상처를 줄 정도는 아니다.

그렇다고 해도 위험한 부위에 맞으면 죽을 확률이 높다. 단순히 총에 맞았다는 이유만으로 쇼크사를 일으키는 경우도 왕왕 있어 왔다.

사람이라면 누구나 죽음에 대한 공포가 있다. 범죄자들도 마찬가지다. 살고 싶은 욕망에 범죄를 저지른 자들은 더한 경우일 것이다.

그래서 총을 겨누고 실제로 발포까지 하면 대게는 저항을 포기한다. 다리라도 맞으면 곧 죽을 것처럼 난리다.

형사들의 총구가 머리가 아닌 다른 부위를 향한 것도 그런 이유였다. 반사적으로 죽지 않고 무력화시킬 부분만 노린 것이었다. 그런데 지금 눈앞의 용의자는 그 총을 맞고도 멀쩡하게 움직이고 있었다.

아무리 생각해도 이건 아니다. 마약에 절거나 미친놈이 괴력을 발휘한다는 말은 들었어도, 몸에 총을 저렇게 많이 맞고도 움직일 수 있다는 말은 못 들어봤다.

"크아아!"

괴성을 지르며 달려드는 녀석의 발을 걸어 넘어트렸다.

'이대로는 안 돼.'

상식적으로, 과학적으로, 의학적으로 말이 안 되는 일이다. 사람이라면 이미 죽었을 정도의 치명상을 입고도 이렇게까지 움직이다니.

하지만 강시의 상황도 그리 좋은 것은 아니었다. 몸에 수십 발의 총탄이 박혔었다. 아무리 강력해진 강시라고 해도 슬슬 한계가 오고 있었다. 그리고 그 상황을 강시는 본능적으로 깨닫고 있었다.

"저 새끼가!"

엎어졌던 강시가 벌떡 일어나더니 밖으로 달려 나갔다. 잡아먹기 힘든 먹이보다 손쉬운 먹이를 잡기로 한 것이다.

강현은 여기서 판단 착오를 하고 말았다. 밖으로 달려나간 것이 도망치기 위함이라고 생각한 것이다.

"잡아!"

소리를 치며 놈의 뒤를 쫓았다. 밖에는 어느새 달려온 구급 요원들이 상처가 위중한 형사들을 챙기는 중이었다. 그 와중에 주택을 경계하고 있던 형사 몇 명이 강현의 외침을 듣고 반사적으로 강시를 향해 몸을 날렸다.

강시는 망설이지 않았다. 달려오는 형사 하나를 곧바로 덮쳤다. 갑자기 불쑥 다가온 강시가 이를 드러내자 형사가 팔을 들었다.

"아악!"

강시가 형사의 팔을 물었다. 그대로 바닥에 쓰러트리며 형사를 꼼짝도 못하게 짓눌렀다. 그리고 피를 빨기 시작했다.

깔린 동료 때문에 총을 쏠 수가 없었다. 대신 형사들이 달려들어 미친 듯이 발길질을 하고 떼어내려 했다. 그럼에도 불구하고 강시는 꿈쩍도 하지 않았다.

"이 형사!"

"당장 놔!"

두렵고 무서운 일이다. 이건 사람이 아니다. 그러면서도 형사들은 달려들었다. 동료가 위험하고, 이 정도에 아무것도 못할 정도로 약해빠진 형사는 없었다.

하지만 더 이상 강제로 떼어내려 하다간…….

"으아아! 파, 팔!"

팔을 물린 형사가 자지러지는 비명을 질렀다. 팔의 살이 한 움큼 뜯길 거 같았기 때문이다.

강현의 눈에 불똥이 튀었다.

사람?

이건 아니다. 아무리 미쳐도, 아무리 약에 쩐 놈이라도 이건 사람이라면 할 수 있는 짓거리가 아니었다.

강현이 형사 하나를 붙잡아 권총을 빼앗았다.

"비켜요!"

강시의 머리를 틀어쥐고 총을 관자놀이에 겨눴다.

"씨팔, 대가리에 구멍이 나도 움직이나 보자."

"영감님!"

형사들의 눈이 치떠졌다.

말로 하는 것과 실제로 하는 것에는 차이가 있다. 총구를 머리에 대는 행위는 확실하게 죽이겠다는 의사표현이다. 만약 지금의 행동이 윗선에 알려진다면 옷 벗는 것만으로 끝나지는 않을 것이다.

타앙—

하지만 방아쇠는 당겨졌다.

＊　　　＊　　　＊

강산이 있었지만 리안의 인기가 크게 떨어지지는 않았다. 오히려 사람들은 두 사람의 라이벌 구도에 큰 기대와 흥미를 가지고 있었다.

지금까지 리안과 강산은 총 2차례의 타이틀매치를 치렀다. 이 두 번의 타이틀매치는 매우 치열했다. 1차전은 한 치의 물러섬도 없는 난타전이었고, 2차전은 화려한 기술의 향연이었다.

리안이 강해서?

물론 리안의 실력은 발군이었다. 천재라는 수식어가 무색하지 않을 만큼, 강산이 재밌어 할 만큼은 되었다.

그래, 단지 재미였다. 일반인 중에서 리안 정도의 실력자는 드물었다. 게다가 녀석은 강산의 가족에게도 많은 노력을 했다.

그게 기특해서 아슬아슬한 경기를 펼쳐 주었다. 그리고 타이틀매치의 마지막은 항상 아슬아슬한 크로스 카운터로 끝냈었다.

리안이 가지고 있는 챔피언 타이틀은 총 9개였다. 체급별, 기구별 챔피언 벨트를 모두 합한 숫자다.

지난 두 번의 타이틀매치로 리안의 챔피언 타이틀은 7개로 줄었다. 그리고 강산은 그런 리안의 타이틀을 차례로 빼앗겠다고 공식적으로 말했었고, 리안은 그 도전을 받아들였다.

'일곱 번밖에 안 남았나.'

오랜만에 한국에 들어온 리안이 강산의 집으로 향하며 입맛을 다셨다.

강산은 분명하게 선을 그었다. 공식 경기 이외에는 대결할 일은 없을 거라고. 공식적인 타이틀매치로 따지자면 겨우 일곱 번의 대결만 남은 것이 맞았다.

물론 리안이 계속 도전을 한다면 그 이상의 대결을 펼칠 수도 있다. 하지만 강산이 누구인가? 녀석은 어느 순간 어떠한 선택을 할지 모른다. 7개의 타이틀마저 빼앗아 가면 그대로 손 털고 은퇴할지도 모른다.

리안은 쇼핑백 안을 보았다. 최신 게임타이틀 패키지가 들어 있는 쇼핑백이었다.

"나, 참."

아무리 생각해도 어이가 없긴 했다. 가족을 끔찍이 위하는 강산의 성향 때문에 자신이 그의 어머니한테 잘 보이려 노력하고 있다니.

그래, 이건 모두 강자와의 대결에 목말라 있기 때문이다. 간단하게 말해 지금의 행동은 단지 주변인을 적절하게 이용하기 위한 포석일 뿐이다.

"……"

리안의 걸음이 멈추었다. 쇼윈도에 진열된 여성용 겨울 코트가 눈에 들어왔다.

곧 있으면 겨울이었다. 날씨도 조금씩 쌀쌀해지고 있었다. 원체 아끼는 분이시라 제대로 된 옷이 없을지도 모르겠다. 함께 진열된 목도리와 장갑도 구미를 당겼다.

어쩐지, 어머니한테 잘 어울릴 것 같았다.

리안은 룸미러로 힐끗 뒷좌석을 보았다. 뒷좌석에는 쇼핑백이 한가득이었다.

간단하게 어머니가 좋아하실 만한 게임만 사가려 했다. 그러다가 괜찮은 옷이 보여 구입하고 보니 아버지가 생각났다. 강산의 형도 있었고 챙기다 보니 프로모터인 샤를도 떠올랐다.

"내가 뭐하는 짓인지."

말투와는 달리 얼굴은 웃고 있었다.

이제는 기억도 안 나는 친어머니와 챔피언이 되어서도 잘했다는 말 한마디 해주지 않은 친아버지와는 달랐다. 강산의 부모님은 따뜻했고 별다른 가식이 느껴지지도 않았다.

리안은 승부에 집착해 왔다. 강한 자가 있으면 꺾어야 했고 자신은 승리자가 되어야 했다.

강산을 만나면서 변했다. 승부에 집착하지 않고 강산이란 사람에 집착하면서 사람을 보게 됐다. 그리고 그에게 두 번째 패했을 때, 한 번도 연락이 없던 아버지로부터 연락이 왔다.

돌아와라.

짤막한 문자 하나.

지금까지 승승장구할 때는 연락 한 번 없더니, 그가 패하자 기다렸다는 듯이 연락을 했다. 아버지의 의도는 뻔했다. 좋지 않은 결과가 나왔을 때에는 항상 엄하게 혼내셨으니까.

리안은 무시했다. 어엿하게 복서로서 자리를 잡았고 아버지의 말을 따라야 할 나이도 아니었다. 굳이 가서 쓸데없는 말을 들을 필요는 없었다.

일종의 복수였다. 자신을 내쳐둔 아버지에 대한 반항심일지도 모른다. 물론 신경도 쓰지 않을 분이란 건 잘 안다. 그래도 7년 만에 연락할 정도다. 기분 정도는 상하게 할 수 있을 거라 생각했다.

'젠장.'

쓸데없이 아버지를 떠올렸다. 기분이 나빠졌다.

아버지의 문자를 받고 강산의 집에 방문했을 때에도 지금과 비슷한 기분이었다. 무슨 정신으로 거길 갔는지 모르겠다. 다짜고짜 강산을 찾으며 다시 붙자고 소리를 질렀었다.

잔뜩 흥분한 리안의 손을 이선화가 잡았었다. 그리고 말없이 차분하게 기다려 주었다. 따뜻한 그녀의 눈동자를 보면서 마음이 가라앉았고, 이선화는 리안에게 말했었다.

"리안. 내가 아들로 생각해도 될까? 엄마라고 불러주지 않을래?"

잡은 손이 따뜻했고 전해지는 마음이 따뜻했다. 꽉 막혀 있던 가슴에 균열이 일어났었고, 따뜻하게 감싸는 온기에 눈물을 흘리고 말았었다.

그 후로 강창석도 리안을 아들처럼 대했다. 리안은 그런 강창석과 이선화 사이에서 처음으로 가족을 느꼈다.

리안이 거치대에 걸어놓은 폰을 바라봤다. 전화벨이 울리고 있었다. 발신 번호는 미국이었다.

'아버지?'

미국의 친아버지, 제임스 카터였다. 리안은 잠시 망설이다가 핸즈프리의 통화버튼을 눌렀다.

"……"

—…….

받은 사람도, 건 사람도 말이 없었다. 하지만 전화는 끊기지 않았다.

차가 신호에 걸려 교차로에 섰다. 전화를 받고 벌써 두 번째 신호등이다.

—리안…….

아버지의 목소리가 평소와는 달랐다. 중후하고 힘 있는, 카리스마 넘치던 그 음성이 아니었다.

하지만 리안은 그것을 눈치채지 못했다.

끼이이익!

빠아앙!

사람 하나가 교차로 정중앙을 가로지르고 있었다. 운전자들이 급정거를 하며 경적을 울리고 욕을 해댔다. 삽시간에 교차로가 엉망이 되어버렸다.

근처에 있던 교통경찰이 교차로를 가로지르는 남자에게 뛰어갔다. 경찰이 뭐라고 말하며 다가가자 남자가 주먹을 휘둘렸다. 피하지 못하고 가슴을 얻어맞은 경찰이 사납게 바닥에 패대기쳐졌다. 그 모습에 순식간에 사방이 고요해졌다.

"나중에 전화드릴게요."

리안은 핸즈프리의 버튼을 눌러 통화를 종료했다. 차창 너머로 똑바로 다가오는 남자가 보였다.

운전자 중 하나가 차에서 내려 경찰에게 다가가 살피더니 욕설을 내뱉었다. 덩치가 좋았던 운전자는 곧바로 리안의 차로 향하는 남자에게 달려가 붙잡으려 했다.

"거기 서……."

남자가 귀찮은 파리 쫓듯이 휘두른 주먹에 운전자의 목이 기괴하게 꺾였다.

"으아악!"

"경찰! 경찰 불러!"

지켜보던 사람들이 혼란에 빠졌다. 일부 차량은 교차로를 벗어나려다가 사고를 일으켰다.

정작 혼란을 만든 남자는 아무렇지도 않게 리안의 차 앞에 다가와 섰다.

"뭐……."

리안이 의문을 마저 표시하기도 전에 남자가 팔을 들었다. 그리고 그대로 힘차게 내려쳤다.

쾅앙—

퍽!

본네트가 우그러지며 에어백이 터졌다.

"큭!"

에어백의 충격이 오히려 정신을 번쩍 들게 만들었다. 리안은 문을 열어젖히며 뛰어내리듯이 차에서 내렸다. 그렇게 차에서 내린 리안을 향해 남자가 숨 쉴 새 없이 달려들었다.

7장
어떻게든 찾는다

카페 창가에 한 남자가 앉아 있었다. 말쑥한 정장 차림의 사내. 천종설의 집에 방문했던 남자, 야월(夜月)의 소마란 남자였다.

그는 차를 마시며 창밖의 혼란을 감상했다. 풀어놓은 강시 하나가 목표의 차를 박살 내고 덤비는 것이 보였다.

리안 카터.

"야누스의 친구라."

소마가 소속된 야월에서는 강산의 코드명을 야누스라 칭했다.

야누스는 두 얼굴을 가진 신이다. 문을 지키는 신, 전쟁과 평화를 뜻하는 양면성을 지닌 신이 야누스였다. 강산의 과거를 알기에 붙여진 코드명이었다.

소마는 창밖에 보이는 리안을 향해 커피 잔을 들었다.

"잘해 봐."

*　　　*　　　*

콰직!

리안이 피하자 강시의 발차기가 차량을 우그러트렸다. 그렇게 부서진 차만도 벌써 꽤 되고 있었다. 자차보험을 들지 않았다면 눈물을 흘릴 일이다.

'이건 대체 뭐야?'

자신을 알아보고 시비를 거는 녀석들은 종종 있었다. 하지만 그것도 미국에서나 있는 일이었고, 눈앞의 남자처럼 괴물 같은 사람도 없었다.

훙—

주먹질, 발길질 하나하나가 심장을 쫄깃하게 만든다. 공격 루트가 정직하지 않았다면 피하지 못할 위력이다.

처음 차의 보닛를 완전히 우그러트리는 장면을 보자마자 리안은 정면으로 붙을 생각을 접었다. 냉철한 그의 이성이 스쳐도 사망이라 말해줬기 때문이다.

"헛!"

순간적으로 숨을 몰아쉬며 잽을 가슴에 꽂았다.

평범한 사람이라면 숨이 막힐 정도의 위력이다. 그러나 리안은 방심하지 않고 뒤로 물러났다. 눈앞으로 놈의 발길질이 바람 소리를 내며 지나갔다.

'역시.'

본네트를 부수고 차창을 깨고 프레임을 우그러트렸다. 그러면서 살갗이 찢겼고 피가 튀었다. 분명 상처가 나는데도 녀석은 아무렇지도 않아 보였다.

전혀 고통을 느끼지 못하는 것처럼 보여서 날려본 잽이다. 아니나 다를까? 녀석은 진짜 고통이란 것을 모르는 것처럼 아랑곳하지 않고 공격을 가해왔다.

상대를 해도 사람 같아야 상대를 한다. 눈앞의 남자는 사람 같지가 않았다.

설마 사이보그 같은 건 아니겠지?

말도 안 된다는 생각을 하며 몸을 날렸다. 또다시 애꿎은 차량이 박살 난다.

리안은 주변을 살폈다. 아까까지만 해도 공황 상태에 빠졌던 사람들이 휴대폰을 들고 촬영을 하고 있었다.

'기가 막혀서!'

누구는 안간힘을 쓰고 있는데, 누구는 편하게 구경하고 있다. 괜스레 손해 보는 느낌에 약이 올랐다.

알고는 있다. 일반인들이 상대할 만한 놈이 아니고, 눈치를 보아하니 이놈은 자신을 노리고 온 놈이다.

'진짜 그럴까?'

갑자기 호기심이 생겼다. 다른 사람들 사이로 파고들면 녀석은 누굴 노릴까?

"이크!"

녀석이 옷을 낚아채려 하는 것을 간발의 차이로 피했다. 앞섶이 길게 찢겨 나갔다.

'경찰은 언제 오는 거야!'

버티는 것도 한계가 있다. 엄청난 훈련량을 소화해 내는 그라고 해도 체력의 한계가 있다.

'몇 방 더!'

퍼퍽!

잽을 날리자마자 잽싸게 몸을 뺐다. 녀석이 바짝 약이 올랐는지 괴성을 지르며 달려들었다.

퍽!

더 이상은 무리다. 리안은 욕설을 내뱉으며 몸을 돌려 냅다 달렸다.

이대로 도망치는 건 아니었다. 리안은 놈을 이끌고 세워진 차량들을 사이를 요리조리 헤집으며 내달렸다. 아예 상대하기를 포기하고 경찰이 올 때까지 시간을 끌 셈이었다.

"크아아!"

말을 못하는 건지, 화가 난 건지 모르겠다. 놈이 괴성만 내지르며 쫓아온다.

'빨리 오라고!'

강시와 인간의 쫓고 쫓기는 추격전이 도로 위에서 펼쳐지고 있었다.

때마침 멀리서 경찰차의 사이렌 소리가 들려왔다. 하지만 더 이상 가까워지지는 않았다. 교차로가 막혀 있으니 차가 진입하지 못하는 것이다.

'미치겠네!'

리안은 사이렌 소리가 들려오는 쪽으로 방향을 틀었다. 그쪽에 서 있던 사람들이 비명을 지르며 사방으로 흩어졌다.

그러거나 말거나 전력으로 달리던 리안의 눈에 경찰들이 달려오는 모습이 보였다. 상황을 전해 받았는지 경찰들은 리안의 뒤를 쫓는 강시를 손가락질했다.

"Hey! Shot! Hurry!"

리안이 뒤를 가리키며 외쳤다가, 급히 한국말로 정정했다.

"쏘라고 새끼들아!"

경찰들은 총을 뽑지는 않았다. 대신 강시를 제압하기 위해 몸을 날렸다. 그리고 튕겨 나갔다.

"억!"

"아악!"

강시가 휘두른 손발에 튕겨 나간 경찰들이 호되게 바닥을 구르고 차에 부딪혔다. 강시는 쓰러진 경찰들을 무시하고 끈덕지게 리안의 뒤를 쫓았다.

리안은 강시를 유인하며 다시 소리쳤다.

"총 쓰라고! 총!"

카페에 있었던 소마는 리안의 뒤를 쫓았다. 그의 손에는 테이크아웃 커피가 들려 있었다.

"재밌는 녀석이네."

승부에 집착하는 녀석이라고 들었다. 강자와 싸우기 위해 비공식 무술대회도 나갔던 자였다. 그런데 꽁지 빠지게 달아나는 모습이라니.

멀리 경찰들이 보였다. 그곳까지 도착해서 총을 쏘라고 소리치기까지 한다.

소마가 피식 웃음을 흘렸다.

"여긴 미국이 아니거든?"

일단 총부터 뽑아드는 미국과는 달랐다. 한국의 경찰은 총기 한 번 잘못 썼다가는 시말서 정도로 끝나지 않는다.

그의 예상대로 경찰들은 무모하게 강시를 향해 몸을 던졌다. 결과는 안 봐도 비디오다.

"윽, 꽤 아프겠어."

소마는 마치 자기가 맞은 것처럼 인상을 찡그렸다.

"그나저나 진짜 웃기는 상황이네."

본래는 리안이 강시와 맞서 싸우기를 바랐다. 그의 진짜 실력도 확인하고 야누스, 강산의 경각심도 높이기 위해서다. 그런데 리안은 맞서 싸울 생각이 전혀 없어보였다.

이대로라면 리안은 멀쩡한 모습으로 돌아갈 것이 뻔했다.

소마는 폰을 꺼냈다.

"팀장님, 곤란하게 됐는데요? 타깃이 싸울 생각을 안 합니다. 이러다 강시만 잃겠는데요?"

강시를 잃는 일 따위는 별로 문제될 건 없었다. 단지 강시를 잃고도 별다른 소득이 없을까 봐 걱정이었다.

—무공은?

"육체적 움직임은 허용 범위입니다. 무공의 흔적은 없습니다."

—마지막만 확인하고 철수해.

"팀장님. 그냥 제가 적당히 망가트릴까요?"

극적 효과를 위해서는 강산의 측근을 다치게 만들어야 했다. 그것도 중원과 관련된 힘에 의해서 말이다.

그렇다고 가족을 건드리는 것은 위험했다. 용의 콧수염을 뽑는 정도는 몰라도, 역린을 건드렸다간 통제 범위를 넘어서는 역풍을 맞을 수도 있다.

─그 정도면 충분하다.

소마가 뭐라 하기도 전에 전화가 끊겼다.

"흐음. 대체 뭔 일을 이렇게 복잡하게 하는지."

혀를 차며 리안을 바라보았다. 발바닥에 땀나게 뛰어다니며 강시를 유인하고 있었고, 얻어맞은 경찰관이 겨우 몸을 일으키며 새롭게 합류한 경찰관과 함께 총을 뽑아들고 있었다.

타앙!

하늘을 향해 공포탄을 쏘고 강시를 겨누며 경고하는 모습이 보였다.

"저게 무슨 뻘짓이래."

강시가 알아먹을 리가 없다. 하지만 그들은 모르고 있으니 어쩔 수 없는 일이기도 하다.

"빨리 좀 쏴라. 집에나 가게."

강현이 조우했던 강시는 특별히 준비한 강시였다. 그가 무공을 익혔다는 걸 알기 때문이다.

지금 눈앞에서 열심히 리안을 쫓는 강시는 그 정도는 아니었다. 하지만 리안 또한 평범한 사람은 아니기에 조금 강화된 녀석으로 준비하긴 했었다.

그러나 강현이 만난 강시와는 다르다. 총에는 상당한 타격을 입을 것이다.

그때, 계속 도망치던 리안이 몸을 돌려 강시를 상대했다.

"오!"

제대로 붙으려나?

리안은 경찰차를 등지고 있었다. 강시가 공격을 했고 그는 몸을 피했다. 당연히 등 뒤에 있던 경찰차가 형편없이 찌그러졌다.

리안은 당차게 외쳤다.

"봤지? 이거 괴물이야! 당장 총 쏘라고!"

*   *   *

강현은 결국 강시를 잡을 수 있었다. 하지만 마지막 순간에 불의의 일격을 당하고 말았다.

총알이 머리를 꿰뚫음과 동시에 강시의 손이 믿을 수 없는 각도로 꺾이며 뒤로 휘둘러진 것이다. 그것을 미처 피하지 못한 강현은 가슴에 상처를 입고 말았다.

결국 사건은 범인의 현장 사살로 마침표를 찍게 되었다.

"몸은?"

강산은 병원에 입원한 형을 찾아왔다. 환자복 사이로 붕대가 보였다. 상처는 깊지 않아 소독만 잘하면 된다고 한다. 살가죽만 베인 상태라고 들었다.

"괜찮아. 별거 아냐."

"어떻게 된 거야?"

"아아, 좀 끔찍한 일이긴 했는데."

강현은 천천히 당시의 상황을 이야기했다. 총을 수십 발을 맞고도 멀쩡했던 용의자, 마치 식인이라도 하는 것처럼 사람을 물어뜯고 피를 마시던 모습.

당시에는 너무 급박했던지라 못 느꼈지만, 이제와 생각하니 두려움이 새록새록 피어났다.

그게 과연 있을 수 있는 일일까? 사람이 총을 맞고도 멀쩡하게 움직이고 괴력을 발휘할 수 있을까?

말이 안 되는 소리다. 설명하면 설명할수록 스스로 꿈을 꾼 건 아닌지 생각될 정도다. 아니면 너무 끔찍한 상황에 자신이 미쳐 버린 것이거나.

"아냐. 형은 지극히 정상이야."

"정상? 나도 그랬으면 좋겠다. 솔직히 말해서 말이 안 되잖아. 무슨 좀비도 아니고 총을 그렇게 맞았는데 쓰러지질 않냐? 아, 진짜 좀비 같은 건가? 머리를 맞고는 죽었으니까."

강산은 가만히 형을 바라보았다.

어디까지 말해야 할까? 말하면 믿어주기나 할까? 굳이 말을 해야 하는 걸까?

　무공의 경우에는 믿을 가능성이 높다. 실제로 형은 자신의 신체 능력이 극도로 발달한 사실을 잘 알고 있으니까.

　하지만 강시라면 다르다. 죽은 시체가 움직일 수 있다는 건 상식적으로 말이 안 되는 일이기 때문이다.

　'하긴. 이미 상식을 벗어났지.'

　금강현마공으로 인해 형의 능력을 제대로 사용하게 가르치는 과정에서 이미 평범하지 않게 되어버렸다.

　강산은 강시에 대해서 알려주기로 마음먹었다.

　"형이 상대한 건 강시야."

　"강시? 그, 영환도사에 나오는 그거?"

　"어."

　"걷지 못해서 콩콩 뛰고 사람 피 빨고 그거?"

　"어."

　"…그럼 숨 안 쉬고 참으면 되는 거였냐?"

　중학교 여름방학 때였다. TV에서 고전 공포라며 영환도사, 강시선생 등을 연달아 방영해 준 적이 있었다. 거기서는 숨을 참으면 강시가 사람의 기척을 느끼지 못했었다.

　"그랬다간 죽지."

　잠시 침묵이 흘렀다.

　"나름 피를 빨긴 하더라. 그런데 아주 자유롭게 움직이던

데, 그게 강시라고?"

"그게 진짜 강시야."

강산은 강시에 대해서 알려주었다. 죽은 시체를 가지고 인위적으로 만들어지는 진짜 강시에 대해서.

"새로운 농담하는 거 아니지?"

강현은 재차 확인했다. 동생의 눈빛은 농담과는 거리가 멀었다.

"진짜구나."

머릿속이 멍해진다. 강시라는 것이 실제로 존재한다니, 웃기는 일이다.

"그리고 하나 더 알려줄게."

"뭐? 뭐가 또 있는데?"

강산은 이왕 알려주는 거, 내친김에 무공에 대해서도 알려줄 생각이었다.

"무협 영화나 소설에서 나오는 무공 말이야."

"…그래. 강시가 있는데, 무공이 없을까."

"무공은 존재해. 형도 그 무공을 배웠어."

"내가? 난 그런 거 배운……."

배운 적 없다고 하려던 강현이 입을 다물었다.

"자신도 모르게 배울 수 있는 무공이 있는 거야?"

"조금 수고스럽지만, 그렇게 할 수는 있어."

"설마, 내가 꿈이라고 생각했던 그 기억들이? 그게 나한테 강제로 무공을 가르친 거였어?"

어렸을 적에 강산이 밤마다 자신을 괴롭히던 사건을 꿈으로만 생각했었다. 그런데 그게 꿈이 아니었다니.

"어."

갑자기 강현의 얼굴이 새파랗게 질렸다.

"너가 인간이냐?"

형의 놀람을 이해할 수는 있었다. 자신이 조금 심하게 했다는 것도 인정할 수 있었다. 하지만 이 정도로 놀랄 줄은 몰랐다.

최근까지 이래저래 수련을 도와주면서 충분히 느꼈을 것인데도, 저렇게 질린 표정을 할 줄이야.

"진짜 너 그러는 거 아니다. 나 형이야. 형한테 어떻게 그럴 수가 있냐? 너 완전… 그때 표정 어땠는지 알아? 즐기더라?"

"……."

형이 질린 이유는 두렵거나 무서워서가 아니었다. 아프게 했다는 이유 하나였다.

"이왕이면 안 아프게 할 방법은 없었던 거야? 나 진짜 죽는 줄 알았었다고. 어렸을 때라서 다행이지, 지금도 생각하면 끔찍해. 야, 너 진짜 형한테 그러는 거 아니다. 진짜 서운하다, 서운해."

서운함으로 시작한 강현의 푸념은 아쉬움으로 끝났다.

"강시라니. 하긴. 내 동생이 고수인데 강시쯤이야. 그래도 솔직히 힘들다. 이번에 사람이 너무 많이 죽었어."

창밖으로 시선을 돌린 강현이 나직이 한숨을 내쉬었다.

"산아, 그 강시라는 거. 앞으로 또 나타나려나?"

"어."

"얼마나?"

"글쎄. 많을 수도 있고 적을 수도 있어."

이미 만들어진 강시로 끝이라면 많지는 않을 것이다. 그러나 누군가가 또다시 강시를 만들어 낸다면 계속해서 나타날 수도 있다.

"머리만 날리면 되는 거냐?"

"일단은."

강산은 강시의 종류에 대해서 설명해 주었다. 더 강한 강시가 나타날 확률은 적었지만, 혹시 모르는 일이었다.

"미치겠네."

이야기를 듣고 난 강현의 감상이다. 진짜 그런 놈들이 나타나면 속수무책이다. 아예 군대가 출동해야 처리가 가능해 보였다.

"그래서 말인데. 경호 인력을 불렀어."

"경호?"

강현이 미간을 찌푸렸다.

대통령 경호원 외에는 총기 휴대가 엄격하게 제한이 된다. 총이 있다고 하더라도 강시에게는 잘 통하지도 않는데, 경호원이 무슨 소용인가 싶다.

"그냥 경호원은 아니야. IBA에서 지역 경호를 맡아주기로 했어."

"IBA? 세계경호협회?"

"그래."

"그래봤자 걔들도 총기 휴대는 못해."

"해."

"무슨……."

말도 안 되는 소리라고 일축을 하려던 강현이 입을 벌렸다.

"너 설마."

"우리나라는 돈이면 다 되는 나라잖아. 형한테는 미리 이야기를 해둬야 할 거 같아서. 그리고 이건 비밀이야."

이서경은 레종 에트랑제의 경호원들에게 총기를 지급하겠다고 했었다. 한국의 권력은 돈에서 나온다. 이서경이라면 충분히 가능한 일이었다.

"야, 그래도……."

뭔가를 말하려던 강현이 입을 다물었다.

상부에 보고를 하고 특단의 조처를 취하려고 해도 설득할 방법이 없었다. 믿어줄지도 의문이고 경찰이 소총을 메고 다니는 것도 힘든 일이었다.

"걱정 마. 그들은 이런 일에는 이력이 난 자들이라고 했으니까."

벨소리가 요란하게 울렸다. 강산의 전화였다. 그가 전화를 받으려고 꺼내는데 강현의 전화도 울렸다.

"서경아?"

─산아. 병원이야?

"응."

─오빠는 괜찮아?

"멀쩡해."

─다행이다. 그나저나 TV 좀 켜봐.

강산은 이서경의 말에 TV를 켰다. TV에서는 뉴스 속보가 흘러나오고 있었다.

[오늘 오후 금호사거리에서 묻지 마 살인사건이 벌어졌습니다. 범인은 신원미상의 30대 남자로 추정됩니다. 현장 연결하겠습니다. 이선호 기자?]

[현장에 나와 있는 이선호입니다. 현재 금호사거리는 경찰

의 통제하에 정리가 되고 있습니다. 부서진 십여 대의 차량이 당시의 말도 안 되는 상황을 짐작하게 해주고 있습니다.]

[이선호 기자. 대체 무슨 일이 있었기에 말이 안 된다고 하는 거죠?]

[괴한이 교차로에 나타난 것은 오후 1시경이었습니다. 그로 인해 차량들이 일제히 멈춰 섰고 인근에 있던 교통경찰이 괴한에게 다가갔습니다.]

괴한이 나타나 경찰과 시민을 죽이고 맨손으로 차량까지 부쉈다는 뉴스였다. 기자는 인근에 있던 시민에게 마이크를 내밀었다.

[인간 같지가 않았어요. 만약 그 외국인이 없었으면 사람이 더 많이 죽었을 거예요.]

[외국인이요?]

[네. 외국인이 그 남자를 유인해서는…….]

화면에 제보 영상이 흘러나왔다. 영상에서 괴한의 공격을 피하며 계속 물러나는 외국인이 보였다.

"저거 리안?"

ㅡ어. 우연인지 계획된 건지는 모르겠지만, 리안이 강시한

테 습격을 받았어.

"리안은?"

—다행이 다친 곳은 없어. 하지만 중요 참고인으로 현재 경찰서에 있는데. 혹시 몰라서 변호사를 보냈고 샤를한테도 연락을 해뒀어.

"알았어. 금방 전화할게."

강산은 전화를 끊고 곧바로 어머니와 아버지에게 전화를 걸었다.

이선화는 얼마 안 가 전화를 받았고 무사함을 확인했다. 강창석은 조금 늦게 받는데, 회의 중이라는 이야기에 나중에 다시 통화하기로 했다.

하윤이와 민수한테까지 전화를 하고 나서야 강산은 다시 이서경에게 전화를 했다.

"어떻게 된 거 같아?"

—아직은 모르겠어. 나도 할 수 있는 건 다 동원해서 조사 중이야.

"경호는?"

—오늘 한국에 들어올 거야. 이미 지역 숙지는 마쳤다고 하니까 곧바로 일에 착수하도록 조치할게.

"알았어. 수고해 주고 다시 연락할게."

—응.

전화를 끊은 강산이 형을 보았다. 마침 강현도 전화를 끊고 있었다.

"수사관이야. 저 사건으로 연락 온 거다."

수사관이 보고서를 작성하는 와중에 비슷한 괴한으로 인한 사건이 또 다시 발생했다. 그래서 강현에게 곧바로 연락이 온 참이었다.

게다가 참고인이 리안 카터였다. 수사관은 리안이 강현의 동생과 친분이 있다는 것을 알고 있기에 연락한 거였다.

"이거 어떻게 해야 하냐? 아무래도 느낌이 안 좋은데."

강산은 굳은 얼굴로 뉴스를 봤다. 리안이 강시를 유인하는 동영상이 반복해서 나오고 있었다.

"찾아야지."

천종설인지, 다른 누구인지는 모르겠다. 아니, 그건 상관없다. 그게 누가 되었든 간에 가만 둘 생각이 전혀 없었기 때문이다.

독행마를 보고 싶다면 보게 해주면 된다. 그리고 그게 놈의 제삿날이 될 것이다.

*　　　*　　　*

구천귀혼대회진으로 현대에 환생한 무인의 수가 얼마나

될지는 짐작할 수가 없다. 사실 별로 신경을 쓰지도 않았다. 전생에도 무인이라 할 자는 보지를 못했으니까.

회귀를 하고서야 그 이유를 어느 정도 알 수 있었다. 천종설이 무인이 나타나는 족족 찾아서 관리를 했던 것이었다.

하지만 그건 강산이 회귀 전에 나라를 엉망으로 만들었기 때문이었다. 무인이 위험하다고 판단할 빌미를 강산이 제공한 것이었다.

"너니까 그 정도 힘을 발휘했던 거지. 사실 구파일방의 문주들도 그 정도 힘을 보이지는 못하잖아. 천종설이 무인을 철저하게 관리 감독한 일은 너가 난리친 이후일 거야. 이전에는 그저 단속하는 정도였겠지."

지겸의 말대로 나라를 뒤흔들 정도의 무위를 보일 수 있는 고수는 한정적이다. 막말로 천마의 마지막 심득을 얻은 강산이 아니라면 어림도 없는 일이다.

"그렇게 생각하자면 우리와 마찬가지로 회귀를 한 자 중에 하나가 철저하게 준비했다고 봐야겠지."

회귀의 조건은 간단했다. 만나고자 한 사람을 만나지 못한 자에 한해서 회귀가 일어났다.

"회귀를 한 사람이라."

누구도 알 수 없는 일이다. 누가 회귀를 했고 그런 사람이 얼마나 될지는.

강산이 미간을 문지르며 생각에 잠기자, 이서경이 말했다.

"근본적인 문제부터 접근해 보자. 구천귀혼대회진을 사용하는 이유는 사랑하는 사람과 다시 만나기 위해서야. 기본적으로 심성이 악한 사람은 그렇게 못할걸?"

그 말에 반박한 것은 지겸이었다.

"아니지. 꼭 사랑 때문에 한다고 볼 수는 없잖아. 그, 왜 있잖아. 죽어서도 괴롭혀 줄 테다, 다음에는 부부로 태어나서 평생을 괴롭게 만들 테다, 그런 경우는?"

이서경이 멍한 얼굴이 되었다.

"설마……."

"쯧. 서경아. 넌 사람이 얼마나 사악해질 수 있는지를 몰라서 그래. 무림공적으로 몰렸던 잔혈마승이란 작자는 원래 소림사 방장의 사제였다고."

"그거야 주화입마에 걸려서 인성이 뒤틀린 경우 아니었어?"

"아니야. 무공도, 소림을 이끌 능력도 자신이 출중한데 방장이 되지 못했다는 데에 앙심을 품고 뛰쳐나간 거야. 아주 단순하고 어이가 없는 이유였어. 그걸 소림에서 체면 때문에 그럴싸하게 포장한 거였지."

중원에서는 대개 그런 식이었다. 문파나 가문의 명성에 누가 될 이유라면 어떻게든 포장하거나 숨겼다. 그건 정파일

수록 더욱 비일비재한 일이었다.

"남궁세가의 전전대 가주인 남궁혁은 부인과 한날한시에 죽었었지. 사람들은 참으로 금슬이 좋았던 부부라고 칭송이 자자했지만, 글쎄. 과연 그랬을까?"

"듣기 싫은데."

이서경이 인상을 찌푸렸지만, 한지겸은 아랑곳하지 않고 말했다.

"남궁혁의 부인은 남궁세가로 인해 멸문한 사파의 금지옥엽 외동딸이었어. 뭐, 여기까지만 말해도 알겠지?"

복수를 위해 남궁세가의 차기 가주와 혼인을 한 여인은 말년에 그에게 독을 먹이고 비수를 꽂았다. 당시 천하삼대 검수였던 남궁혁이었기에 호락호락 당하지는 않았다. 발견될 당시에 남궁혁의 검 또한 부인의 복부에 박혀 있었다.

"어떻게 그리 잘 알아?"

"내가 무림맹 정보단에서 키워졌잖아."

그렇게 말하며 슬쩍 강산의 눈치를 살핀다.

독행마 진천의 약점을 캐내기 위한 단체는 무림맹 말고도 많았다. 무공으로는 상대가 되질 않으니 음모와 술수로 처리하려 한 것이다.

"천종설은?"

"아직 찾는 중이야."

"찾는데 필요한 건?"

이서경이 강산의 눈치를 살폈다.

사실 도움이 필요하긴 했었다. 그러나 함부로 말하기 힘든 사안이었다.

"말해."

눈치를 챈 강산의 음성이 단호했다.

"수단과 방법을 가릴 때가 아니야. 그러니까 말해."

할 수 있는 최대한의 수를 내야 했다. 강산이 닥치는 대로 힘을 써서 들쑤실 수는 없는 일이니, 한정된 범위 안에서는 모든 걸 동원해야 했다.

"그게… 아버님께 도움을 청하면 안 될까 싶은데."

아버님, 강창석을 말하는 것이다.

그는 국정원의 요원이며 현재는 상당한 직급에 오른 것으로 추정되고 있었다. 국정원에서도 천종설을 찾고 있을 것이니, 그 정보가 있다면 매우 도움이 될 일이었다.

'아버지.'

고민이 될 수밖에 없다. 형만으로도 모자라서 아버지까지 끌어들여야 하나 싶다.

나름대로 쉬운 길이긴 하다. 아버지라면 믿을 수 있다. 절대 아들에게 해가 될 일은 하지 않을 분이다.

'그래서 더 걱정이지.'

아예 모르고 있는 것과, 아는 걸 모르는 척하는 건 다르다. 아들의 능력과 작금의 상황에 대해서 알게 된다면, 아버지는 무리를 해서라도 내부에서 손댈 수 없는 정보까지 빼내려 할지도 모른다.

강산 본인이 나서도 싶어도 지금 상황에서는 뾰족한 수가 없다. 낚싯줄을 드리우려 해도 물고기가 어디쯤 있는지 알아야 낚싯줄을 던질 것 아닌가?

"그건 생각 좀 해보자."

무언가를 곰곰이 생각하던 한지겸이 입을 뗐다.

"있잖아. 산아."

"응?"

"그냥 네가 힘 좀 쓰면 안 될까?"

"내가?"

"그래. 네가 극성으로 무공을 펼쳐 수도권부터 시작해서 전국을 찾아보면 되잖아. 그동안 나랑 서경이가 최대한 범위를 좁혀볼게. 네 감각으로 강시나 무공을 익힌 자가 걸리면 곧바로 쳐들어가면 되잖아. 일단 조금이라도 시간을 줄여야지."

일리는 있는 말이다. 미끼를 물때까지 계속 낚싯줄을 던지면 되는 거다.

하지만 그렇게 되면 강산이 가족의 곁에서 상당히 멀어지게 되고 만다. 형한테도 앞으로 조금이라도 이상한 기미가 보이면 연락하고, 자신이 도착할 때까지 몸을 피하는 걸 최우선이라 신신당부한 상태다.

"네가 무슨 걱정을 하는지 알아. 하지만 나랑 서경이가 가만히 있을 생각은 없어. 그리고 중원에서의 내가 아니다."

사방이 막힌 실내다. 바람 한 점 들어올 공간이 없는 곳에 바람이 일었다. 한지겸의 옷이 펄럭이더니 터질 듯이 부풀어 오르며 드러난 살갗이 검게 물들었다.

그리고 한순간에 바람이 사라졌다. 바람이 사라진 자리, 방안 가득히 한지겸이 나타났다.

부동명왕보(不動明王步).

이정제동의 묘리를 담은, 움직이지 않으면서 가장 빨리 움직이는 불문의 절세보법이다.

부동명왕은 불교 5대 명왕으로, 대일여래가 일체의 사특한 존재나 번뇌를 물리치기 위하여 분노한 모습으로 보낸, 대일여래의 사자다.

부동명왕의 얼굴색은 검고 눈은 부리부리하다. 오른손에 검을, 왼손에 견삭(일종의 올가미)을 쥐고 전신에 화염을 두르고 있다.

부동명왕보를 대성하여 극성에 이르게 펼치면 그가 밟은 보보(步步)마다 화염이 타오른다. 부동명왕의 앞에 선 자는 빠져나오지 못하고 재가 되어 흩어진다.

단순한 보법이 아니었다. 대성하면 그 자체로 절대적인 공세를 취할 수 있는 무공이었다. 그의 전신이 검게 물들고 눈동자에서 금빛 강렬한 서광이 비추는 모습은, 바로 그 부동명왕보를 대성했다는 증거였다.

달리 말해, 그의 무공 수위가 절정을 넘어섰다는 이야기다.

"초절정이라."

강산이 미소를 지었다.

중원에서 이서경과 한지겸은 절정의 고수였다. 그것만 해도 대단한 경지였다. 능히 한 문파의 수장 자리도 차지할 수 있는 무공 수위였다.

만약 애초의 계획대로 강산을 쓰러트리고 본래의 자리로 돌아갔다면 부귀영화가 보장되는 위치였던 두 사람이었다. 그런데도 모든 걸 포기하고 자신의 곁에 남았었다.

"축하해."

친우의 발전을 진심으로 축하했다.

예전의 경지였다면 지겸이 알려주기 전에 미리 알고 축하했을 것이다. 그는 초절정마저 넘어선 초월지경, 탈마의 고수였기 때문이다.

하지만 현대에서 너무 큰 힘을 가지지 않으려 노력했다. 그래도 필요에 의해서 절정의 초입까지는 올라왔다.

시겸의 무공 수위를 쉬이 가늠할 수 없었을 때부터 어렴풋이 짐작은 했었다. 단지 무공에, 힘에 신경을 쓰기 싫어 고개를 돌리고 있었을 뿐이었다.

"산아."

그러니 지겸이 강산의 무공 수위를 모를 리가 없었다. 하수는 고수를 가늠할 수 없어도, 고수는 하수를 가늠할 수 있었다.

"원래의 힘을 가져. 그래야 모든 상황에 대처할 수가 있어. 난 그래서 최선을 다했다."

애써 웃으려 했다. 애써 베어 문 미소가 입안을 쓰게 만들었다.

"그럴 수 없어."

하기 싫다. 그렇게 해서는 안 된다.

"왜?"

"세상이 달리 보이거든."

모든 길은 하나로 통하게 마련이다. 그게 정도의 무공이든, 마도의 무공이든 무의 끝은 하나로 이어진다. 그리고 그 끝에 이른 자는 변한다.

'어쩌면 변했기에 다다를 수 있었던 건지도 모르지.'

아무튼 안 된다. 예전의 경지를 되찾는 일 만큼은 멀리해야 했다.

"어쨌든 고맙다. 잘 좀 부탁할게. 부동명왕보라면 서울시 정도는 커버할 수 있겠지."

보법 주제에 경공 저리가라다. 극성으로 펼치면 축지법이나 다름없다.

"그럼 난 발품 좀 팔아볼까?"

강산이 일어서 방을 나섰다.

이서경은 강산의 뒤를 쫓아 나왔다. 엘리베이터를 타고 화이트 프로모션 밖으로 나올 때까지 두 사람은 아무 말도 하지 않았다.

이서경은 묵묵히 강산의 뒤를 따랐다. 발길 닿는 곳은 호프집이었고 두 사람은 나란히 자리에 앉아 맥주 한 잔씩을 주문했다.

맥주가 나오고 건배도 없이 한 모금씩 들이킨 후에야 이서경이 입을 열었다.

"산아. 나 사과할 게 있어."

사과라. 그녀가 사과할 일이 뭐가 있을까.

"무공이라도 가르쳤어?"

이서경의 얼굴이 굳었다.

"알고 있었어?"

"뭐, 하나쯤은 수족을 가지고 있는 게 좋겠지. 괜찮아. 너라면 현명하게 잘 다루겠지."

아무렇지도 않게 말하고 맥주를 마신다. 그런 강산이 어쩐
지 처연해 보였다.

"내가 원하는 방향으로 일을 이끌어 가려면 휘두를 수 있
는 힘이 필요했어. 어떠한 증거도 남기지 않고 처리를 맡길
수 있는 사람이 필요했어."

우습다.

중원에서 악이라 손가락질 하던 마도인은 강산 본인이었
다. 그에 비하면 두 사람은 선이었다.

힘에 집착하고 모든 걸 발아래 두려는 성향은 자신이 가져
야 했다. 그런데 지금 두 친구가, 선이라 할 만한 그들이 오히
려 자신보다 더욱 힘을 갈구한다.

"가보지 않으면 모르지."

"응?"

강산이 설핏 웃었다.

"아냐. 그보다 잘됐네. 그 애들 시켜서 좀 지켜줘."

그래, 그녀가 어렵사리 입을 연 것은 그것 때문이리라. 지
역 경호도 경호지만, 음지에서 활동하도록 무공을 가르친 수
하들이 보호하는 것이 더 확실할 것이다.

그들을 동원하면 강산이 알게 된다. 그래서 자진납세를 하
는 거다.

나름 이서경이 큰마음 먹고 털어놓는 거다. 그리고 그런 걸 딱히 나무랄 생각도 없는 강산이다.

"알았어. 걱정 마. 그리고 경호 인력을 뺀 나머지는 천종설을 찾는데 전력을 다하게 할게."

이서경이 안도의 미소를 띠며 약속했다.

'그래. 다들, 그래.'

강산은 잔을 들어 맥주를 들이켰다.

*　　　*　　　*

산은 산이요, 물은 물이다.

성철 큰스님의 말씀이다. 상당히 유명했고 강산도 들어 알고 있는 말이다.

강산은 이 말을 듣자마자 성철 큰스님을 고수라 단정했었다. 탈마에 이르러서야 알게 된 진리, 그걸 현대의 스님이 알고 계셨다.

어쩌면 자신의 생각과 다를지도 모른다. 진리는 보는 사람에 따라 그 모습이 다르기 때문이다.

"그대로 둬야 하는데."

그대로 두기 싫었다.

"그대로 두기 싫은데."

그대로 둬야 했다.

침대에 누워 혼자 중얼거렸다. 천장을 바라보며 천장을 바라보지 않고 있었다.

회귀 전, 강산이 가족을 위해 모든 것을 불살랐던 이유.

그건 가족에 대한 사랑 때문이 아니었다.

사랑이라고 생각한 그의 마음 때문이었다.

나름대로 노력하고, 노력하는 중이었다. 절대자의 경지에 올라 그가 본 것은 모든 것을 비워낸 공(空)의 세계였다. 거기에는 감정도 없고 나도 없었다.

중원에서 마지막을 그렇게 허망하게 보낸 것도, 회귀 전에 가족을 위해 아무렇지도 않게 사람들을 죽여 버린 일도.

솔직하게 말하자면 아무런 감정도, 미련도 없기 때문이었다.

"그게 과연 끝일까?"

모르겠다. 희로애락이 없는, 세상에 걸릴 것이 없는 완전한 자유의 세계를 보았는데… 우화등선은 고사하고 선계를 보지도 못했다.

어떻게 생각하면 사이코 패스를 떠올리기도 쉽다. 하지만 사이코 패스와는 달랐다.

자신의 감정과 고통에만 충실한 것이 사이코 패스라면, 강산은 경지에 올라 자신의 감정과 고통조차 무감각해지고 관조할 수 있게 되었다.

틀렸다고 말할 수는 없으리라. 그러나 과연 그게 옳은 거냐라고 묻는다면, 모른다고밖에 할 수 없다.

"다시 올라가 볼까?"

현재 그는 자신의 의지로 모든 것을 붙들어두고 있었다. 깨달음을 묻어두고 육신을 쟁여 두었다. 감정의 칼날로 전신을 꿰뚫어놓고 감정에 충실하려 애쓰고 있었다.

오르자면 오르지 못할 것도 없었다.

하지만 가슴에 박아둔 감정의 칼날이 욱신거린다. 칼날을 뽑고 경지에 올라버리면, 심장에 뚫린 공허가 그를 죽일 것만 같았다. 또다시 무감정하고 무책임한 괴물이 될 것 같았다.

지금, 감정을 가진 '나'란 존재가 그걸 괴물이라 단정 짓고 있었다.

"아, 진짜 싫다."

따뜻함을 느낄 수 있는 지금이 좋았다. 다시 그곳으로 올라가는 건, 정말이지 내키지 않는 일이다.

*　　　*　　　*

일요일 오전.

강창석은 아들의 성화에 눈을 떠야 했다.

"아버지!"

"알았다, 알았어."

지금까지 어른스러운 모습만 보여 온 강산이 아이처럼 재촉하고 서두른다.

"후아암… 산아. 엄마도 같이 가면 안 될까?"

"안 돼요. 오늘은 아버지와 저만의 오붓한 시간입니다."

"난?"

"형도 안 돼. 오늘 아버지는 내가 독점한다!"

강창석은 욕실로 들어가며 웃음을 지었다.

최근 천종설의 일로 주말도 없이 일을 했다. 그러다 모처럼 일요일에 쉬게 됐다. 슬슬 상부에서 몰아치는 강도가 줄었기 때문이다.

그래서 가벼운 마음으로 집에 왔다. 내일은 한숨 푹 자야지, 하며.

"아버지. 내일 저랑 둘이 등산 가요."

식탁에 앉자마자 강산이 한 말이다. 갑작스런 이야기에 아들을 한참이나 쳐다봤다. 평소답지 않은 강산의 눈동자가 보였다.

쏴아아!

쏟아지는 물줄기에 몸을 내맡겼다.

'울 것 같았어.'

강인하고 듬직한 모습만 보이던 아들이다. 그런데 어제 아들의 눈동자는 흔들리지 않을 힘 대신, 두려움이 도사리고 있었다.

씻고 나와서 옷을 입었다. 침대에 누운 부인이 입을 꾹 다물고 쳐다본다.

"좋겠어요."

"질투해?"

"질투는요."

"에이, 질투하는데 뭘. 그렇지 않으면 당신이 도시락 챙겨줬을 거 아냐."

"산이가 더 잘하잖아요. 암튼 잘 다녀와요. 난 좀 더 잘래요."

이선화가 이불을 뒤집어썼다.

"나이 들면 애가 된다더니."

"뭐라고욧!"

이불을 확 젖히며 성을 부리는 부인을 피해 밖으로 나갔다.

"저이가……."

다시 이불을 덮으려는데 문이 빼꼼 열린다.

"남자끼리 이야기 할 문제도 더러 있는 법이야. 다음에는 엄마하고 할 이야기도 하겠지."

씨익 웃으며 말하는 남편이 얄미웠다. 그래도 남편의 말이
맞다.

"알아요. 그렇지 않아도 요즘 산이 분위기가 묘해요. 남자
끼리 잘 풀어 봐요."

"그래. 다녀올게."

남편이 웃으며 방문을 닫고 나갔다. 이선화는 닫힌 방문에
서 시선을 떼지 못했다.

"별일 아니겠지?"

지금까지 부모에게 손 한 번 벌리지 않았던 아들이다. 그런
아들이 갑작스레 이러는 것이 불안했다.

하지만 강산이니까, 아들이니까 믿는다. 별일 아닐 거라고
말이다.

8장
내가 강산이다

아버지와 둘이서 움직인 것은 처음이었다. 지금까지는 항상 온 가족이 함께 다녔었다.

"흐아, 나이는 못 속인다더니……."

강창석이 앓는 소리를 했다. 옆에서 보조를 맞춰 오르던 강산이 그의 팔을 붙잡았다.

"됐다, 녀석아. 그 정도는 아니다."

슬쩍 팔을 뿌리친 강창석은 다시 걸음을 옮겼다.

겨울이 다가오는 산은 제법 쌀쌀했다. 아니다. 아침은 조금 추웠다. 살짝 입김이 나온다.

그래도 풍광이 나쁘지는 않았다. 마지막 단풍이 나뭇가지에 매달려 몸짓했다. 동장군이 오기 전의 마지막 서비스는 제법 봐줄 만했다.

그다지 높은 산은 아니었다. 정상까지 2시간 정도면 도착한다. 말없이 걷던 부자(父子)의 눈에 정상이 얼마 남지 않았다는 표지가 보였다.

"요즘도 엄마하고 게임하니?"

"네. 요즘은 어지간하면 져드려요."

"배보다 배꼽이 더 크겠구나."

"아버지 덕분이죠."

"커흠."

게임을 할 때마다 돈을 걸기 시작한 지가 꽤 되었다. 조금씩 액수가 불어나더니, 요즘은 10만 원씩 걸고 게임을 하고 있었다.

강창석은 돈에 관해선 냉정한 사람이었다.

아무리 부모 자식이라 해도 부모 돈은 부모 돈, 자식 돈은 자식 돈이었다. 특히 강산이 상금을 타고 돈을 가져오기 시작하면서는 더욱 철저하게 지켰다.

따지면 강창석이 받는 월급보다 강산이 벌어오는 돈이 더 많았다. 링 위에 한 번 올라서면 100억 정도를 버는 아들이다. 금메달을 딴 연금도 꼬박꼬박 나온다.

강창석은 이런저런 수당을 합치고 보너스까지 더해도 1억이 안 된다.

이쯤 되면 회사를 그만두고 사업에 도전해도 될 정도다. 한두 번 말아먹어도 부담되지 않을 큰 수입이다.

그럼에도 불구하고 강창석은 선을 그었다. 좋은 집을 사준 것만으로도 아들이 할 도리는 다 했다고 여겼다.

이선화도 그런 부분에 관해서는 동의했다. 하지만 우리나라 어머니들이 그러하듯이, 이선화도 아들이 돈을 허투루 쓸까 봐 걱정이 태산이었다.

남편이 돈 관리는 알아서 해야 한다며, 강산이 성인이 된 후에는 관리하던 통장마저 돌려준 상황.

지아비가 그리하겠다는데 말릴 수도 없었다.

이선화는 돈이 얼마나 요물인지 안다. 곳간에서 감 빼먹듯이 야금야금 빼먹는 재미에 들렸다간, 어느 순간 텅 빈 곳간에 넋을 놓게 된다.

그래서 생각한 것이 합법적으로 아들의 돈을 챙기는 일이다. 어쩌다 보니 그게 게임이 됐고, 최근에는 그것만으로도 강산이 주는 생활비의 절반에 이를 정도다.

이선화는 아들에게 그렇게 받아간 돈을 강산이 주는 생활비와 합쳐 이런저런 적금 상품을 들어뒀다. 중간에 뺄 수는 없어도 금리가 높은 상품들을 우선으로 말이다.

어차피 부부가 모두 일을 하는 상황, 퇴직을 해도 퇴직금이 꽤 된다. 그래서 아들의 돈은 모두 세이브시켰다.

"다 생각이 있는 거야."

나이가 들면 애가 된다고 한다. 강창석은 아들이 부모의 마음을 알아주길 바랐다. 무슨 생각이냐고 묻는다면 모르는 척 이야기해 줄 생각이었다.

하지만 그의 아들은 강산이다.

"걱정 마세요. 혹시 모자라면 말씀하세요. 판돈 좀 키우죠."

돈에 대해서 크게 욕심이 있는 건 아니다. 무시당하지 않을 정도만 있으면 된다. 무시하는 놈이 있다고 팰 수는 없는 세상이니까.

마음 같아서는 그냥 돈을 마구 드리고 싶다. 하지만 고수에게 자존심이 있듯이, 부모에게도 자존심이 있다. 강창석이나 이선화는 소위 말하는 엘리트다. 부모님의 자존심은 고수에 버금갔다.

"녀석… 됐다. 말을 말아야지."

아들은 원래 그런 녀석이다. 신경 쓸 구석이 없다. 부모로서 아쉽긴 해도 딱히 불만이 있는 건 아니다.

"이제 말해 봐라. 무슨 일이냐?"

불만이고 뭐고를 떠나서 그래도 아들이다. 갑자기 이러는 것을 보면 무슨 일이 있긴 하다. 등산을 하며 쓸데없는 대화로 변죽만 울렸지만, 이제는 본론을 꺼낼 때가 됐다.

"아버지. 얼마 전에 형이 다쳤었죠?"

강현이 강시로 인해 병원에서 입원한 한 달 동안 어머니는 매일 병원으로 출퇴근을 하셨고, 아버지는 시간이 나는 틈틈이 병원에 들르셨다.

"걱정이다. 네 형 성격에 하지 말란다고 안 할 녀석도 아니고."

"형의 꿈이니까요. 그래도 쉽게 다치진 않을 거예요."

"뭘 안 다쳐. 이번에 다친 것도 그래. 형사들에게 맡기면 될 걸 왜 나서서 다치냐고. 조금만 깊었어도 큰일 날 뻔했다잖아."

손톱에 찢긴 상처는 가슴부터 복부까지 이어졌다. 살갗만 벗겨진 정도라 다행이었다. 그렇지 않고 조금만 더 깊었으면 뼈와 장기까지 손상을 입었을 거였다.

"이번은 예외구요."

"예외는 무슨. 범죄자들이 언제 나 범죄 저지르겠소, 하고 저지르는 거 봤냐?"

"아시면서요."

"알아? 뭘?"

"범인이 인간이 아니라는 거요."

강산은 슬쩍 운을 떠웠다. 국정원에 있는 아버지라면 알고 있을지도 모른다. 천종설의 행적과 관련된 것이니까.

"인간이 아니라니? 그게 무슨 소리냐?"

하지만 강창석은 아무것도 모르는 눈치였다. 대체 무슨 해괴한 소리를 하냐는 표정이다.

"아버지. 세상에는 가끔 이해할 수 없는 일이 벌어지곤 해요. 상식적으로 말도 안 되는 일들이 우습게 벌어지죠. 가령 이런 거요."

강산은 단단한 돌멩이 하나를 주워들었다. 그것을 손에 쥐고 힘을 줬다. 돌멩이가 손쉽게 가루가 되는 것을 보는 강창석이 놀란 눈을 했다.

"이런 것도 있어요."

손톱만한 돌멩이 하나를 주웠다. 그것을 중지와 엄지 사이에 끼고 튕겼다.

픽!

가볍게 튕긴 돌멩이가 아름드리나무에 틀어박혔다. 강창석이 아들과 나무를 번갈아 보다가 나무에 다가갔다. 돌멩이가 깊숙이 틀어박힌 것이 똑똑히 보였다.

"세상에 이게……."

"더한 것도 보여드릴 수 있어요."

강산은 담담한 얼굴로 아버지를 바라봤다.

"아버지. 저 평범한 아들 아닙니다. 아버지도 평범한 샐러리맨은 아니시죠?"

지금까지 모르쇠로 일관하던 강창석의 표정이 서서히 굳어갔다. 강산이 보여준 능력은 간단하지만, 간단하지 않은 능력이었다.

악력이 강한 사람이 돌을 부술 수는 있다. 그러나 모래로 뭉친 돌이 아닌 이상에는 가루를 낼 수는 없다.

젓가락을 던져 나무에 퍽퍽 꽂을 수는 있다. 그러나 손톱만한 돌멩이를 가볍게 튕겨서 나무를 파고들게 할 수는 없다.

이건 차력도 아니고 눈속임도 아니었다. 강창석도 본인이 직접 보지 않았다면 믿지 않을 일이었다.

"이거 참."

굳었던 얼굴이 풀리며 이번에는 난감하다는 기색이다.

"일단 정상에는 올라가자."

아래에서 올라오는 다른 등산객들이 멀리 보였다. 강창석은 몸을 돌려 천천히 정상으로 향했다.

나란히 걷던 아버지가 물었다.

"언제부터 알고 있었던 거니?"

전생에서부터요, 라고 말할 수는 없는 일.

"천종설 씨요."

"천 대표님?"

"비밀을 공유한 사이라고 할까요."

"애비 놔두고?"

짐짓 서운한 얼굴을 한다. 그렇게 나오시면 할 말이 있다.

"엄마는 아세요?"

강창석의 본직을 아느냐는 물음이다. 부부간에도 말 못할 비밀이 있는데, 하물며 부모 자식 간에야. 강창석이 헛기침을 했다.

"거기서 엄마가 왜 나와? 여하튼 내 아들이래도 가끔 얄미울 때가 있다니까."

"아버지 닮아서 그래요."

기가 막혔다. 얄미운 게 자신을 닮아서라니?

"내가 뭘?"

"다른 엄마들처럼 용돈 주는 재미를 빼앗은 게 얄밉다고 그러시던데요?"

"엄마가?"

"당연하죠."

"거, 참. 별 쓸데없는 걸로다가, 참."

"신혼여행 이야기도 하시던데요."

"커흠!"

크게 헛기침을 하며 앞서 올라가신다. 강산은 그런 아버지의 뒷모습을 물끄러미 바라보았다.

어머니와 함께 게임을 하면서부터 전보다 더 많은 대화를 나눌 수 있었다. 대개는 '네 아빠가……'로 시작하는 흉보기였다.

신혼여행 이야기는 단골 레퍼토리다.

당시에 금전적 여유가 없으셨던 아버지가 앓는 소리를 내며 해외여행을 준비하셨단다. 그래서 감동에 감동을 거듭하신 어머니는 아버지의 생색이란 생색은 다 받아주셨다.

그런데 알고 보니 그게 제세공과금만 부담한 이벤트 당첨 여행권이었단다.

당연히 어머니로서는 억울한 일이었다. 과장 좀 보태서 왕을 모시는 시녀처럼 아버지를 대접해 주셨다니까.

"그거, 아버지 직장이랑 상관있는 거죠?"

평범한 사람이 그런 큰 이벤트 상품에 당첨될 확률이 얼마나 될까?

신혼여행을 가야 하는데, 마침 그런 이벤트가 있어 당첨되는 일이야 있을 수 있다고 치자. 하지만 아버지의 직업이 거기서 걸리긴 걸린다.

"아들. 엄한 소리 하지 마. 큰일 난다."

딱히 부정은 하지 않으신다. 거기에 어떻게 영향력을 행사하셨는지는 모르겠지만, 이용할 수 있는 걸 이용했을 뿐이었다. 강산은 딱히 그걸 나무라거나 따질 생각은 없었다.

그냥 아버지가 당황하는 모습이 즐거울 뿐이었다.

산 정상에 올랐다. 탁 트인 전경과 시원한 바람이 머릿속을 맑게 해주었다.

일본의 속담이었나? 바보와 연기는 높은 곳을 좋아한다는 말이 있었다. 권력자들을 비꼬는 말이었다. 그곳에서 추락할 때의 처참함은 염두에 두지도 않는 어리석은 자들을 말하는 것이었다.

강산은 높은 곳이 좋았다. 권력자들과 같은 이유가 아니다. 그저 지금 이곳, 산의 정상에서 느끼는 자유로움이 좋았다.

아버지와 함께 크게 숨을 쉬었다. 마시고 내쉬고, 마시고 내쉬고.

도심에서는 느낄 수 없는 상쾌한 공기가 가슴을 가득 채워주었다.

"그래서, 고민이 뭔데?"

큰마음 먹고 능력을 살짝 보였다. 자신이 알고 있는 아버지의 비밀도 물었다. 심각하다면 심각한 사안들인데도 아버지는 그저 아들의 고민 정도로 치부했다.

"어떻게 하면 가족들을 지킬 수 있을까 하는 거죠."

"별걸 다 걱정한다. 네 앞가림이나 지금처럼 잘하면 되는 거야."

"저번처럼 형이 다치는 일이나, 아버지나 어머니가 다치는 일은 일어나지 않게 해야죠."

"그게 한다고 되는 일이니."

"그럴 위험성을 제거하려는 노력 정도는 해야 하지 않겠어요?"

"제거?"

"천종설이요."

강창석이 눈살을 찌푸렸다. 위험성을 제거한다는 이야기에 천종설이 나왔다. 그 의미가 단순하게 여겨지지 않았다.

"형만 다친 건 아니에요. 상처를 입지는 않았지만, 리안 또한 습격을 받았었죠."

"그래. 그랬었지."

"형이 잡으려고 했던 범인, 리안을 습격했던 괴한. 모르세요?"

강창석이 미간을 주물렀다. 아들이 자신의 정체에 대해서 짐작하고 있는 것은 알겠다. 천종설과 모종의 연관이 있다는 것도.

천종설이 무언가 일을 벌였다는 사실은 짐작하고 있었다. 상부에서는 아직도 천종설을 찾으라는 명령을 거두지 않고 있었다. 국정원에서는 전담팀마저 꾸려졌다고 한다.

"혹시 천 대표, 아니지. 천종설 그자가 연관이 있다는 이야기니?"

"모르셨어요?"

의외였다. 아버지가 국정원에서 일한 기간이 꽤 되었다. 적어도 팀장급은 된다고 생각했었는데, 천종설에 대한 일은 진짜 모르는 눈치였다.

"아버지. 국정원에서 일하고 계신 거 맞죠?"

"…그래."

"천종설에 대해서 아무것도 모르세요?"

"넌 내가 국정원에서 일한다는 것을 어떻게 안 거냐?"

"천종설이 말해주었으니까요."

"대체 어떤 관계야?"

난감한 질문이었다. 지금까지 모범생처럼 지내왔다. 어렸을 때부터 여기저기 돌아다녔다면 누군가에게 일인전승 무예를 배웠다는 식으로 둘러댈 수도 있다.

하지만 거의 집과 학교만 오간 그가 말을 지어내는 일에는 한계가 있었다.

'아니지.'

아니다. 생각해 보니 한 사람 있었다.

"아버지. 무협소설 보세요?"

뜬금없이 무협소설이라니. 강창석은 떨떠름한 기분을 떨치고 대답했다.

"소싯적에 조금 보기는 했지. 왜?"

"거기 보면 막 장풍 쏘고 검기 날리고. 그런 무공 있잖아요?"

"그래. 솔직히 허무맹랑한 이야기지. 그런 게 가능하다면야 국정원 요원들도 죄다 고수로 도배했지."

"믿으세요."

"그게 무슨 소리야. 믿으라니. 대체 뭘?"

"무공은 존재합니다."

"뭐?"

"아버지가 모르는, 국정원조차 모르는 음지의 세계에 무공이 존재합니다."

"허헛, 참."

말도 안 되는 소리다. 그런 게 있다면 자신들이 모를 리가 없다.

"네가 그걸 배웠다고?"

"네."

"누구한테서?"

수습은 나중에, 지금은 아버지를 납득시켜야만 했다.

"대식이 아버지요."

대식이 아버지, 문춘수 관장이 강산에 의해 은거고수가 되고 말았다.

"문춘수 관장이?"

믿기지 않는 이야기다. 문춘수 관장이 무공을 익힌 사람이라니.

"에이, 말도 안 돼."

만약 그가 무공의 고수였다면 과거에 그리 얻어터지지는 않았을 거다. 강산처럼 완벽한 복싱을 보였으면 몰라도. 그가 생각했을 때 문춘수는 완벽한 복싱과는 거리가 멀었다.

한 대 맞으면 더 세게 때린다. 그게 문춘수의 복싱 스타일이었다.

그의 경기가 있는 날은 항상 링 위가 붉게 물들었다. 저돌적인 인파이터로 난타전을 벌였기 때문이다.

상처투성이의 챔프가 문춘수다. 그런 사람이 무공을 익힌 사람이라니?

"그건 그만한 사정이 있습니다."

약을 팔아야 한다. 아버지를 속여야만 한다. 죄송스러웠지만 어쩔 수가 없다.

환생과 회귀에 대해서 설명하는 것보다는 나은 일이다.

"사정이라니?"

"지금까지 사람들은 무공의 존재에 대해서 그저 허구의 산실이라고 알고 있었죠. 왜 그랬을까요?"

"그야 진짜 무공을 쓰는 사람을 못 봤으니까."

"왜 못 봤을까요?"

"없어서 그런 거 아니냐?"

"있다니까요. 있는데도 사람들이 모르는 이유를 생각해 보세요."

"그렇게 말하면야 뻔하지. 무공을 익힌 사람들이 그걸 숨긴 거겠지."

"무공은 초인적인 힘을 발휘하게 해줍니다. 그런 사람들이 세상에 많으면 어떻게 되겠어요? 극도의 혼란이 올 겁니다. 그걸 미연에 방지하기 위해 무공은 일인전승으로만 근근이 이어져 왔습니다."

거짓말도 하면 는다던가? 아니다. 강산의 경우에는 시작이 어려웠을 뿐이란 말이 맞겠다. 일단 거짓을 말하기 시작하자 술술 나왔다.

"더구나 무공은 아무나 배울 수 있는 것도 아닙니다. 소질이 없는 사람이 배웠다가는 목숨을 잃을 수도 있고요. 숨어서 소질 있는 후인을 찾아 명맥만 이어가는 일, 그게 말처럼 쉽지는 않겠죠."

"그렇겠지."

"그리고 결정적인 이유가 있습니다."

"결정적인 이유?"

"네. 세상에 무공이 퍼져 나가지 않게 만드는 가문이 있습니다. 그들은 음지에서 무인들이 활개를 치지 못하도록 단속하고 있지요. 그 가문이 가진 힘은 전 세계를 아우릅니다."

나름 있을 법한 이야기다. 프리메이슨이나 일루미나티 같은 것도 실존한다는데, 무공이 있다면 특별한 가문이나 조직이 있을 수도 있다.

일견 유치할 수도 있는 이야기다. 그런데도 강창석이 아들의 말에 귀를 기울이는 이유는, 그가 수많은 정보를 접해왔기 때문이기도 했다.

진실 같은 정보가 거짓일 때도 있고, 말도 안 되는 정보가 진실일 때도 있다.

들어오는 정보의 참과 거짓을 판별하려면 우선은 그게 진실이라는 명제를 두고 분석을 해야 한다. 그렇지 않으면 엉뚱한 실수를 할 수도 있다.

강창석이 이런 자세를 취하게 된 것은 뒤늦게 후회를 하지 않기 위한 방법이기도 했다.

거짓인 줄 알고 신경도 쓰지 않았는데 진실이었다면?

진실인 줄 알고 열심히 뒤를 캐다가 '에이, 아니었네' 하면 그저 시간과 노력만 들이고 만 셈이다.

하지만 거짓이라 생각하고 신경 쓰지 않은 정보가 다른 이의 손에 들어가 성공한다면? 그게 만약 라이벌이나 적대 관계인 이들에게 이익을 준다면?

"흠. 그렇단 말이지. 그래도 너무 안 알려진 거 아니니?"

"당연하죠. 단순히 돈 같은 것이 아닙니다. 인간의 능력에 관련된 일입니다. 그래서 그들은 단호하게 대처하거든요."

"설마."

"생각하시는 그게 맞습니다."

신음이 절로 흘러나왔다. 필요에 의해서 사람을 죽일 수도 있다. 세상은 생각보다 따뜻하지만, 생각보다 더욱 비정하기도 하다.

"가문 이름이 뭐니?"

강산은 떠오르는 대로 말했다.

"천기뇌가입니다."

"천기뇌가?"

"천기신뇌 위극소란 자가 가문의 수장입니다."

"위극소라. 특이한 이름이구나."

"그의 다른 이름은 천종설이죠."

강창석이 멍한 얼굴이 되었다.

"천종설?"

"네. 그래서 천종설과 제가 만났고 이러한 사정들을 알고 있는 겁니다."

할 말이 없었다. 천종설 차장이 무공을 익힌 초인이고 그가 전 세계의 초인들을 단속하고 있었다니.

'그럴싸해.'

생각해 보니 나름 어울리는 부분이 많았다. 그가 현역 시절에는 작전 성공률이 100%였다는 말이 있었다. 이제는 전설로 회자되는 이야기였다.

세계 어느 나라를 가도 천종설이 지휘한 공작은 무조건 성공했다. 미국도 예외는 아니었다. 그가 몰래 북한에 침투하여 김정일과 독대했다는 소문도 있었다.

말도 안 되는 역사를 쓴 사나이가 천종설이었다. 만약 초인적인 능력, 무공을 지닌 사람이라면 충분히 있을 수 있다는 생각이 들었다.

그런데 문제는, 그런 사람이 왜 몸을 감췄냐는 거다.

"무림, 무공을 익힌 무인들은 우리들의 세계를 무림이라 부릅니다."

"소설이랑 같구나."

"크게 다르지는 않습니다. 처음 무협 소설을 쓴 사람이 무림인이라는 소문도 있거든요."

그냥 막 지어냈다. 진실과 거짓을 섞으니 말하기도 편했다.

"현대 무림에는 몇 가지 금기가 있습니다. 무공의 폐쇄적 전승은 말할 것도 없지만, 고대로부터 이어온 무림의 어두운 부분은 절대 세상에 보이지 말아야 한다는 것이죠."

"어두운 부분?"

"이번에 사고를 친 두 남자는 인간이 아닙니다."

두 남자가 무공을 익힌 사람이겠거니 했다. 그런데 인간이 아니라고 한다.

무공을 익힌 사람이면 인간이 아니라고는 안 했을 것이다.

"그게 무슨 소리냐?"

"강시라고 하는 겁니다. 죽은 시체를 사악한 대법을 이용해 움직이게 만드는 무림의 기술이죠."

"강시? 설마 그 강시?"

"네. 아버지도 어렸을 때 보셨을 거예요."

"봤지. 숨 안 쉬면 코앞에 있어도 몰라보는 귀신 아니냐?"

형이나 아버지나 하는 말이 비슷했다.

"다릅니다. 그건 그냥 허구로 지어낸 거구요. 진짜 강시는 그 정도로는 피할 수 없어요."

"허, 참. 강시라니."

이제는 의심하기도 벅차다. 무공도 모자라서 강시까지 있다는데, 뭘 더 어떻게 할까 싶었다.

"본래 강시에 대한 기술은 모두 없앴다고 합니다. 그런데 그걸 천종설이 가지고 있었다는 정황이 밝혀졌습니다. 현재 천기뇌가에서도 천종설을 찾는데 혈안이 됐다고 하네요."

"그 가문은 사람이 꽤 되나 보지?"

"피를 나눈 가족으로 이루어진 가문은 아니니까요. 무인 중에 자발적으로 참여한 사람으로 이루어진 곳입니다. 거기서 연락이 왔어요. 천종설이 국정원 사람들과 손을 잡고 강시를 만들었다더군요."

"그래……."

"그리고 그게 실패작이란 이야기도 들었어요."

"실패작?"

"네. 천기뇌가에서는 강시를 만드는데 실패한 천종설이 시내에 강시를 풀어버리고 잠적했다고 생각한답니다. 그렇지 않으면 국정원에서 미쳤다고 위험한 강시를 돌아다니게 두겠어요?"

아버지는 국정원 요원이라는 것에 대단한 자부심을 가지고 있었다. 적당한 아부는 필수였다.

"그렇겠지. 아무리 우리가 국익을 위해 수단과 방법을 가리지 않는다고 해도, 무고한 시민이 말려들게 하지는 않아."

"네. 아마도 국정원은 천종설의 농간에 놀아난 듯싶어요. 죽은 시체가 일어나서 돌아다니니 다른 생각이 들지 않겠어요?"

"그래. 그게 사실이라면 죽은 사람을 살리는 방법이라고 여겼을 수도 있지."

꿈보다 해몽이다. 아버지는 아직도 순수한 면이 남아 있는 것 같았다. 하지만 이어지는 말은 강산의 그러한 생각을 고치게 만들었다.

"그러나 사람이란 말이다… 아니, 세상은 그렇게 아름답지 않더라."

"네?"

"강시라고? 좀비 같은 거잖아. 어지간하면 죽지도 않는. 그렇다면 국정원에서는 위험한 공작에 요원 대신 쓰려고 했을 수도 있어. 그건 아무도 모르는 거야. 정치적으로 이용하려고 했을 수도 있고."

강창석은 잠시 말을 끊고 길게 한숨을 내쉬었다.

"아들. 그래도 이 애비는 부끄러움이 없으려고 무던히도 노력했다."

모든 것은 나라를 위해서였다. 국익을 위해 움직였고 국익을 위해 생각했다. 그래, 무협으로 치자면 명분이 있어야 능력을 발휘했다.

설사 납득할 만한 명분을 스스로 지어냈다고 하더라도 말이다.

"아버지."

국정원에서 무슨 일을 어떻게 했는지는 모른다. 아무리 양심으로 움직이려고 해도 권력을 위한 무기는 더러운 피를 묻히게 마련이다.

　그렇다고 그냥 물러날 수는 없었다.

　"그래서 말인데요. 천기뇌가에서 협조를 요청해 왔어요."

　"협조?"

　"국정원에서 파악한 천종설에 대한 정보를 달래요."

　"정보라니. 천종설에 대한 거라면 가문에서 더 잘 알 거 아니냐?"

　"국정원에서 저지른 일은 모를 수밖에 없죠."

　"천종설 외에는 선이 없다는 말이야?"

　"천종설이 가주였으니까요."

　"뭐? 그가 가주였다고? 그렇다면 더 이해가 안 되는데."

　가주가 국정원의 차장이었다면, 요원들 중에 가문 사람들을 심어 놓을 수도 있다. 강창석은 그걸 지적한 것이다.

　"가주의 권한은 막강해요. 더구나 천종설의 무공은 수많은 무인 중에서도 단연 최고라고 해요. 가문은 그의 뜻에 무조건적으로 따라야 했죠. 즉, 이번 일이 단순히 우발적인 사건이 아니라는 말이죠."

　"천종설이 이러한 사태를 예상하고 계획적으로 한 거다?"

　음모와 가장 가까운 곳에 계셔서 그런지, 알아서 해석해 주신다.

　"네. 대체 그가 왜 모든 걸 버리는 방식을 택했는지는 모르지만, 어쨌거나 결과는 그렇게 되었네요."

피곤했다. 누가 국정원 요원 아니랄까 봐 정신이 없는 와중에도 맹점을 찾아낸다.

그러나 강산도 호락호락하지 않았다. 더구나 상대방이 아무런 사전정보도 없는 일에 대해서 꾸며내는 것쯤은 일도 아니다.

'죄송하지만.'

어쩔 수 없었다.

"국정원 내부 정보를 빼내는 건 거의 불가능한 일이긴 한데."

벌써 20년 넘게 몸담은 조직이다. 불가능한 일이지만 해볼 만은 했다.

"그런데 꼭 그렇게까지 도와줘야겠니?"

"이번 일은 도와야 해요. 강시를 얼마나 만든 것인지 본인 외에는 모를 테니까요. 그를 찾으려면 국정원의 정보가 필요합니다."

강창석은 가만히 아들을 바라보았다.

"산아."

"네."

"그 무공이란 거. 한 번 더 보여줄 수 있겠니? 이왕이면 내가 많이 놀랄 만한 걸로 말이다."

그쯤이야 어려운 일도 아니다.

"사람 없는 곳으로 가죠."

정상에서 내려와 등산로를 벗어났다. 마침 작은 공터가 보여 그곳에 자리를 잡았다.

"잘 보세요."

강창석은 마음의 준비를 했다. 뭘 보여줄지 기대가 되는 것도 사실이기에 눈에 힘까지 주었다.

"허."

놀라지 않으려 했다. 무엇을 보여줘도 담담하게 받아들이려 했다. 하지만 입에서는 절로 헛숨이 튀어나왔다.

"산아?"

"네, 아버지."

아들이 늘어났다. 하나, 둘, 셋, 넷… 총 여덟 명의 아들이 자신을 바라보며 똑같이 대답한다. 강산이 절정의 경신법을 펼친 것이다.

"이거 원. 눈으로 보고도 믿을 수가 없구나."

여덟 명의 아들이 웃는다. 그러더니 그 순간, 꺼지듯이 전부 사라졌다.

"산아?"

깜짝 놀란 강창석이 다급히 주변을 둘러보았다. 어디에도 아들의 모습이 보이지 않았다.

"아버지."

왼쪽에서 들려온 소리에 바로 고개를 돌렸지만 아무도 없었다. 이번에는 오른쪽에서, 뒤에서, 머리 위에서 들렸다. 하지만 어디에도 아들의 모습은 보이지 않았다.

"아버지."

강창석의 고개가 휙 돌아갔다. 이번에는 아들이 보였다. 아무렇지도 않은 모습으로 가만히 자신을 바라보고 있다.

"많이 놀라셨어요?"

놀란 기색이 가득하던 강창석의 얼굴이 차츰 제 빛을 찾아갔다. 그리고 이내 심각한 표정이 되었다.

"대단하구나."

"아무나 할 수 있는 건 아니에요. 솔직히 말씀드릴게요. 제 무공은 천종설보다 경지가 높습니다."

"그렇구나. 네가 마음먹고 숨으면 찾지도 못하겠네."

"네. 무공을 익힌 사람이 아니라면 기척조차 느끼지 못하죠."

"역시… 그대로 두면 안 되겠구나."

"무슨 말씀이세요?"

"천기뇌가란 곳과 무공을 익힌 사람들에 대해서 철저히 조사를 해야겠어."

"아버지."

"산아. 너한테는 미안한 말이다만, 그 무공이라는 거. 아주 위험해 보인다."

강창석은 아주 잠깐이지만 끔찍한 상상을 해버렸다. 무공을 익힌 자들이 나라의 높은 사람들을 암살하는 상상이다.

방금 아들이 보여준 모습은 대단했다. 귓가에 속삭이는 것처럼 말하는데 모습은 보이지 않았다. 그 정도면 청와대만이 아니라 미국의 백악관도 손쉽게 침투할 능력이다.

"아버지. 그랬다가는……."

"왜? 전쟁이라도 할까 봐 그러냐? 애비가 놈들한테 해코지라도 당할까 봐?"

물론 그럴 일은 없었다. 어차피 다 지어낸 얘기고 천종설에 관한 정보만 받으면 나머지는 그가 처리할 생각이었으니까.

"걱정 마라. 싸움이 꼭 총칼로만 승리하는 건 아니니까."

무공을 익힌 자라도 인간일 뿐이다. 밥도 먹어야 하고 잠도 자야 한다. 일인전승이라 해도 가족이 없을 수는 없고 살기 위해서는 돈도 벌어야 한다.

"단순히 힘만 강하다고 모든 걸 가질 수는 없는 거야. 왜 사람이 모여 사는 줄 아니? 혼자보다는 여럿의 힘이 강하기 때문이야. 어차피 무인들은 소수다. 여러 가지 방편으로 압박하고 회유하면 된다."

회유라니. 무인을 끌어다 쓰실 생각이란 말인가?

"그런 눈으로 보지 마라. 그들을 이용할 생각은 아니니까. 내가 말했지? 무공이란 건 매우 위험해 보인다고."

"그럼 어떻게 하시게요?"

강창석은 대답대신 다른 말을 했다.

"사람은 모두 평등한 존재다, 이 말을 사람들은 믿지 않지. 눈에 보이지 않는 벽이 가로막고 있다고 생각해. 부익부 빈익 빈을 말하며 가진 자와 못 가진 자로 나누지. 이제는 돈이 없으면 출세도 못 한다며 다들 한탄을 해."

간단한 예로 사법시험이 있다. 평범한 사람이 열심히 공부해서 권력을 쥘 수 있는 기회였다. 개천에서 용이 날 수 있는 시험이 바로 사법시험이었다.

하지만 이제는 아니다. 로스쿨 제도가 도입되고 비싼 등록금을 감당할 여력이 없다면 서민이 판검사가 되는 일은 꿈만 같은 이야기가 되고 말았다.

"그렇지만 말이다. 아무리 한탄을 하고 욕을 하며 남들과 스스로를 비교해도 사람은 희망을 가질 수 있어."

돈을 벌면 되는 거다. 무슨 일을 하던 포기하지 않고 열심히 일을 하면 돈을 손에 쥐고 모을 수가 있다.

"돈이란 누구나 가질 수 있는 거거든. 많든 적든 가질 수 있는, 누구에게나 열려 있는 실체거든. 하지만 무공은 아니다."

현대사회에서 돈이 권력이자 힘이듯, 무공도 세상에 나온다면 힘이 된다. 더구나 익힐 수 있는 사람도 한정되어 있는 절대적인 힘이 될 수 있다.

지금이야 무림이 세상에 모습을 드러내지 않으려 한다지만, 앞으로는 모르는 일이다.

"무공은 상대적 박탈감을 가중시킬 거야. 내가 본 무협 소설에서 잘못하면 죽을 수도 있고 미칠 수도 있는 게 무공이라던데. 사실이니?"

"네. 스승이 없으면 주화입마에 걸려 그렇게 되는 경우가 종종 있습니다."

"사람들은 무공이 있다는 사실을 알면 어떻게든 배우려고할 거야. 스승 없이 독학으로 배우려고도 하겠지. 그러다 보면 진짜 막을 수 없는 살인마가 나올 수도 있잖니?"

"그렇겠죠."

"그런 자들이 나오면 또 무공을 익힌 사람들이 막겠지. 무공을 배우지 못한 사람들은 그들에게 굽실거려야 할 테고. 왜? 그들은 아무리 노력해도 배울 수 없으니까. 결국 무공을 익힌 자들이 사람들 위에 군림하게 될 거다."

"그건 비약이 심한 거 아닐까요? 알아서 스스로 자정 노력을 기울일 수도 있잖아요."

"무공은 사람이 사람을 해할 수 있는 힘이다. 60억 인구 중에 아무렇지도 않게 사람을 죽일 무인이 안 나올까? 그를 막으려면 같은 무인이어야 할 텐데, 비슷한 생각을 가진 자들이 모이면 막는 것도 힘들 거야. 사람이 사람을 아무렇지도 않게 죽이는 세상이 올지도 모른다는 말이다."

"그럴 일은 없을 겁니다."

"어떻게 장담을 해? 이번 강시 사건만 해도 그런 일이 벌어질 거라 예상했었니?"

"……."

"그래서 난 그들을 회유할 거다."

"어떻게 하시려고요?"

"회유를 해서 무공을 전하지 못하게, 가진 힘을 포기하게 할 거다. 그들이 세계적인 힘을 가지고 있다고? 난 그렇게 생각 안 한다. 그 정도 능력이 있다면 이미 세계정세가 지금과 같지는 않을 거야. 말을 듣지 않는다면 내가 지옥에 가겠어."

살인이라도 불사하겠다는 다짐이었다.

아버지의 심정은 충분히 이해할 수 있었다. 무공이 사라진 이유가 어쩌면 그런 것 때문일지도 모른다. 뛰어난 황제가 무림인의 위험성을 예견하고 말살 정책을 폈을지도 모르는 일이다.

"일단 네 말대로 천종설에 대한 정보는 찾아보겠다. 발등에 떨어진 불은 꺼야지. 그리고 그 후에 어떻게든 무공을 없앨 방법을 강구할 거야. 그러니 너도 도와라. 이 애비가 처음이자 마지막으로 부탁할게."

솔직히 미치겠다. 이제 와서 다 뻥입니다, 할 수도 없다. 그저 이럴 때는 맞장구를 쳐드릴 수밖에.

"네. 저도 이번 일만 끝나면 최선을 다해서 도와드리겠습니다."

*　　　*　　　*

거짓말은 아무나 하면 안 되는 거다. 강산은 그리 생각하며 망고주스로 마음을 달랬다.

박사 논문을 준비하기 위해 학회지를 보던 하윤이 고개를 들었다. 말하지 않아도 느낌으로 알 수 있었다. 강산의 심기가 불편하다는 걸 말이다.

"무슨 걱정 있어?"

"응? 걱정?"

걱정이긴 하다. 실제로는 존재하지도 않는 걸 조사하겠다고 고생하실 아버지를 생각하니 죄스런 마음이 가득했다.

"아냐. 걱정은 무슨."

"거짓말. 빨대 보면 다 알아."

"빨대?"

시선을 내리니 잘근잘근 씹혀 있는 빨대 끝이 보였다.

"넌 무슨 고민이나 심각하게 생각할게 있으면 빨대를 그렇게 만들더라."

"끙."

생각지도 못한 버릇이다. 언제부터 이랬을까?

"혜정이 언니 사건 때부터 그랬어."

설마, 마음이라도 읽는 거니?

"눈치야. 우리가 알고 지낸지도 벌써 몇 년인데."

"…무섭다."

"무섭기는."

하윤이 눈을 곱게 흘기더니 다시 학회지로 시선을 돌렸다.

"무슨 일인지는 몰라도 걱정은 하지 않을게. 다만 빨리 해결했으면 좋겠다. 네가 불안한 모습 보이면 나도 마음이 안정되지 않거든."

하윤이와는 거의 심령이 연결된 수준이나 마찬가지가 되어버렸다. 동종의 마기가 일종의 공명 현상을 만들어낸 것이다. 이건 그로서도 예상치 못한 일이었다.

'그래. 모든 걸 다 알 수는 없는 거지.'

애당초 말도 안 되는 거다. 탈마의 경지에 올라 무의 끝에 가까워졌던 그라 할지라도 신선이나 마선이 된 것은 아니다. 미래를 보는 일은 그도 불가능한 일이다.

천종설이 그럴 줄 누가 알았겠는가?

아버지가 그렇게 받아들이실 줄 누가 알았겠는가?

애당초 환생이나 회귀가 이루어질 줄은 어찌 알았겠는가?

비무를 벌이며 상대의 수는 읽을 수 있어도 10년, 20년 후의 미래는 읽을 수 없다.

"나도 사람이었을 뿐이야."

"사람은 무슨."

다시 학회지에 집중하는 줄 알았던 하윤이가 중얼거리는 강산의 말을 듣고 한마디를 툭 던졌다.

"무슨 말이야?"

"사람이라고 하기에는 너무 잘생겼고, 못하는 거 없고, 잘났으니까 하는 말이지."

"음. 그렇긴 하지."

슬며시 올라오는 하윤의 얼굴 표정이 황당함 그 자체였다.

"왜?"

강산이 능글맞게 웃으며 똑바로 바라본다. 하윤은 공부를 포기하고 몸을 바로 했다.

지금 강산이 웃고는 있지만, 심령으로 연결된 하윤을 속일 수는 없었다.

"…심각한 일이야?"

"그럴지도."

"부모님 문제?"

"돗자리 깔아라."

"강산 한정판 돗자리인 거 알지?"

"그러니까, 그거 무섭다니까."

"여자한테 무섭다는 말 하는 거 아니야."

"안 하면 뭐해줄 건데?"

하윤의 눈이 동그랗게 변했다.

실없는 말을 계속 던지며 수다를 떨고 싶어 하는 모습은 처음이었다. 어쩐지 적응이 되지 않았다.

하윤은 강산이 마시던 망고주스를 빼앗아 아무렇지도 않게 빨대를 빨아 주스를 마셨다.

"하아, 시원하다."

걱정하지 않으려고 했다. 별일 아니겠거니, 알아서 잘하겠지 했다. 그런데 그게 아닌가 보다. 주스를 마시니 막히려던 가슴이 조금은 뚫렸다.

"말해봐."

"뭘?"

"뭔가 하고 싶은 말 있는 거 아냐?"

"말이라."

머릿속을 맴도는 말은 하윤에게 할 말은 아니다. 이서경이나 한지겸이라면 몰라도 말이다.

그런데도, 이상하게 하윤이한테 말하고 싶었다.

"하윤아."

"응."

"내가 어쩔 수 없이 아버지한테 거짓말을 했어. 그런데 그 거짓말 때문에 아버지가 하지 않아도 될 일을 할 지경이거든."

"응."

하윤이 턱을 바치며 상체를 앞으로 내밀었다.

"이제 와서 거짓말입니다, 하기에는 좀 큰일이야. 그리고 백퍼 거짓말이라고 단정 지을 수도 없는 애매한 상황이란 거지."

"거짓말 아닌 거짓말이다?"

딱 알맞은 표현이었다.

"진실이 될 수도 있고, 아닐 수도 있고. 어떻게 될지는 시간이 지나봐야 알겠지만… 이거, 내가 이런 걸로 고민하게 될 줄은 몰랐네."

아버지는 포기란 걸 모르시는 분이다. 조사해서 아무것도 나오지 않아도 계속하실 분이다. 이미 그렇게 마음을 정하신 이상에는 말릴 수가 없다.

그렇게 조사하다가 얻어 걸릴 수도 있다. 어딘가에 숨어 있을 무인 중에 하나와 조우할지도 모른다.

"아버지는 분명 성과를 내실거야. 그런데 난 성과를 내지 않으셨으면 하거든. 그 성과의 결과가 별로 좋지 않을 거 같아서 말이지."

자세한 내용을 모르는 하윤이다. 강산이 무슨 말을 하는 건지는 모르겠지만, 이대로 두고 볼 수는 없었다.

"산아."

"응?"

"너, 누구야?"

"누구냐니?"

"강산 맞아?"

"당연하지."

"자, 그럼 강산이 맞다고 치자. 강산은 어떤 사람?"

하윤이 생각하는 강산은 언제나 정답을 내는 사람이다. 어떠한 문제라고 해도 풀어내고 해결하는 사람이다.

걱정? 고민?

그런 걸 할 시간에 움직이고 부딪혀서 앞으로 나아가는 사람이다.

강산은 말없이 하윤을 바라보았다.

"산아. 네가 나한테 처음 키스해 줬던 날 기억해?"

첫키스의 추억이다. 아무리 강산이라 해도 그 정도는 기억하고 있었다.

"당연하지. 오티 때였잖아. 빼빼로가 참 달았지."

하윤의 얼굴이 발갛게 물들었다.

"뭐, 그래. 그건 그렇다고 치고. 당시에 사람들이 우리 두 사람이 커플인 줄 알았었잖아. 그런데 우린 공식적으로 교제하는 사이는 아니었고."

누가 프러포즈를 한 것도 아니었다. 사귄다고 말을 하고 다니지도 않았었다. 사람들은 그냥 자연스럽게 두 사람을 커플로 인정하고 있었다.

"사람들은 사귄다고 생각했지만, 사귀지는 않았어. 사귀는 것처럼 보였지만, 그렇지 않았다고. 그건 거짓말이나 마찬가지지?"

"나름 그렇긴 하네."

"그 거짓말이 진실이 됐어."

공개석상에서, 게임이라고는 하지만 키스를 했었다. 누가 봐도 '우리 사귀는 사이예요' 라는 행동이었다.

"아, 그래. 그랬네."

강산은 하윤이 하고 싶은 말이 뭔지 알 수 있었다.

"거짓을 진실로 만들면 된다는 거지?"

"빙고."

하윤이 환하게 웃었다.

"거짓도 진실로 만드는 기적의 남자가 누구?"

웃긴다. 별게 다 기적이다. 그래도 기분이 나쁘지는 않았다. 천기뇌가? 진짜로 만들면 되는 거다. 적당한 사람들로 해서.

"그래. 그게 강산이란 말이지?"

하윤은 강산의 손을 가만히 잡아주었다.

"응. 당신의 능력을 보여주세요."

9장
번갯불에 콩 볶다

중원에서 세력을 일구지 않은 이유는 무의미했기 때문이다.

혈혈단신으로 단일 세력 최강이라는 천마신교의 손아귀에서도 벗어났었고, 구파일방이 주축이 된 연합 세력도 돌파했었다. 현대로 치자면 일인군단 그 이상의 능력이었다.

후에 이서경과 한지겸이 찾아오고 그들과 함께 다니면서 더더욱 세력을 만들기가 싫어졌다.

자신보다 무공 수위가 떨어지는 두 사람이 전투에 참가할 때마다 신경이 분산되었다.

단신으로 움직일 때와는 달랐다. 그게 귀찮았고 번거로웠다.

밥을 먹을 때도 신경을 써야 했으며, 잠을 잘 때도 편히 자지 못했다. 처음에는 두 사람을 전혀 믿지 못했었으니까.

물론, 두 사람은 이 말을 들으면 기가 막히고 코가 막힐 것이다. 겉으로는 전혀 그렇지 않았던, 오히려 냉정하게만 보였었으니까. 그건 다 이유가 있었다.

처음 천마신교에 들어갔을 때, 그는 암살자로 키워졌었다.

여차하면 버리는 패였었다.

그러다가 당시의 천마 사중천의 눈에 들었다. 무공의 자질이 뛰어남을 알아본 사중천이 강산을 수라참마대의 무인으로 키운 것이었다.

암살자로 수련을 할 때는 당연히 혼자였었다. 친구라고 여겼던 이들을 죽여야만 할 상황이 되었을 때, 그는 자신이 살기 위해서 죽여야만 했었다.

수라참마대에서 수련을 할 때도 마찬가지였다. 어떤 면에서는 암살자 수련보다 더욱 혹독했다.

스승은 이름조차 알려주지 않았다. 스승이라 부르기도 싫었다. 수련이 아닌 괴롭힘이라고 해도 믿을 정도로 그에게 무공을 가르친 자의 성정이 사악했기 때문이다.

그를 가르친 자는 감정을 내비치는 것을 극도로 혐오했었다. 울거나 웃으면 그날의 수련은 지옥이었다.

그 덕에 아주 약간 남아 있던 감정마저 깊숙이 집어넣고, 살기 위해 홀로 서야 했다. 아무도 믿지 않고 오로지 무공에만 집착했다.

그러다 보니 곁에 누군가 있는 것이 많이 신경에 거슬렸다. 억눌러 왔던 감정이 자극되며 밖으로 튀어나왔다.

두 사람의 정체를 알게 된 날, 강산의 감정이 폭발했다.

이서경을 겁탈하려 했었고 한지겸을 죽이려 했었다. 경지에 이르지 못했었다면 그날, 모든 것이 끝났을 것이다.

자리를 벗어났다. 그저 앞으로 내달렸다. 감정을 쏟아낼 곳을 찾아 산 하나를 제물로 정했다.

산봉우리가 사라졌다. 그와 동시에 꾹꾹 억눌러 놨던 감정이 활화산처럼 터지며 그의 전신을 치달았다. 하단전을 휘돌고 중단전을 때리며 상단전을 꿰뚫었다.

탈마.

꿈같은 경지에 올랐다. 모든 것이 벗겨져 나가고 온전히 나만 남았다. 감정이란 감정은 한 톨도 남기지 않고 모조리 밖으로 빠져나가 버렸다.

강해졌다. 분명 무공은 강해졌으나, 인간의 것이 사라졌다. 희로애락이 없어 욕망 따위도 생기지 않았다.

세상을 보는 눈이 무심해졌다. 세력 따위 만들 이유가 없었다.

하지만 지금만큼은 만들어야 했다.

"천기뇌가? 무슨 이름이 그래?"

투덜거리면서도 한지겸은 나무현판에 한자를 새겼다. 도구 따위는 필요 없었다.

지공으로 새겨지는 한 글자, 한 글자가 멋들어지게 자리를 잡았다.

천기뇌가(天機腦家).

소림사 속가제자 출신이며 글자를 잘 쓰는 지겸이었다. 대충 봐도 명필이다. 웅혼한 기운이 글자에 넘실거렸다.

"이 정도면 됐어?"

"훌륭해."

강산은 현판을 들어 천을 둘둘 감았다.

"이걸로 괜찮을까?"

며칠 전, 강산은 이서경과 자신을 불러놓고 말했다. 문파 비슷하게 하나 만들 테니 준비하라고 말이다.

그 준비는 다른 것이 아니었다. 서경에게는 문파에서 쓸 건물 하나와 그녀가 키웠던 무인들을 요구했고, 지겸에게는 현판 하나 제대로 만들어 달라고 했다.

"뭐, 내가 접수했다고 하면 되니까."

두 사람에게 아버지와의 일을 이야기했다. 그리고 실제로 천기뇌가란 걸 만들어 아버지의 원이 풀릴 때까지 운용할 생각이라고 했다.

마지막에는 강산이 천기뇌가의 가주가 되었다고 말할 참이었다.

"천종설 그 인간 때문에 별 쇼를 다 하네."

지겸은 투덜거리며 자리에서 일어났다. 강산과 함께 천기뇌가의 본가가 될 건물로 가야 했기 때문이다.

*　　　*　　　*

일산에 위치한 10층 빌딩의 이름은 뇌화빌딩이다. 이서경이 건물을 사며 바꾼 이름이다. 천기뇌가와 비슷하게 이름 붙였다.

그곳 최상층 바로 아래, 널찍하게 연무장처럼 꾸민, 실제로도 연무장의 쓰임새인 그곳에 7명의 남자가 있었다.

설영칠객(雪影七客).

일곱 명의 하얀 그림자는 갑작스런 이서경의 말에도 담담하게 연무장에 서 있었다.

하지만 겉으로 보이는 담담함과는 다르게, 그들의 속마음은 불만이 가득했다.

이들은 모두 고아였다. 갓난아기일 적에 이서경이 거두어 남몰래 무공을 가르친 자들이었다.

그만큼 그들이 가진 이서경에 대한 충성은 절대적이었다. 기억이 존재하기 시작할 무렵부터 그녀의 손에 의해 키워지다시피 했기 때문이었다.

맏형인 도객 진서형은 이해가 가지 않았다. 갑자기 자신들더러 새로운 주군을 맞이하라니.

"주군. 잠시 여쭙고 싶은 것이 있습니다."

창가에 서서 강산이 오기를 기다리던 이서경이 돌아보지도 않고 말했다.

"뭔데?"

첫 작전은 10살 때였다.

주군의 오빠 뒤를 캐는 일이었다. 어린아이의 몸이라 의심을 받지도 않았다. 치열했던 무공 수련에 비하면 아주 쉬운 일이었다.

첫 살인은 12살 때였다.

뒤를 캐는 일보다는 어려웠다. 아무래도 사람을 죽이는 일이었으니까 말이다.

그래도 해냈다. 주군이 원했고 무공은 아이가 어른을 죽일 수 있는 힘을 주었다. 타깃 또한 무고한 사람도 아니었기에 본능적인 죄의식은 일찌감치 털어버릴 수 있었다.

이들은 수많은 일을 해냈다. 어렸을 때부터 세뇌되다시피 이서경의 손에서 길러졌기에 실수는 존재하지 않았다. 일반적인 아이의 성장 과정과는 전혀 궤를 달리했기 때문이다.

그래서 이들이 이서경에게 가지는 감정은 각별했다. 새로운 주군을 모시라는 명령에 대해 처음으로 항명을 생각할 정도로 말이다.

"저희를 버리시는 겁니까?"

진서형의 목소리가 떨려나왔다. 참고 있던 감정의 골이 흔들렸다. 그 속에 담겨 있는 배신감, 분노가 이서경을 창가에서 떨어지게 만들었다.

"버려?"

"그렇습니다. 갑자기 새로운 주군이라뇨. 버리실 거면 차라리 죽으라는 명을 내리십시오. 다른 주군을 섬길 마음은 전혀 없습니다."

진서형은 허리 뒤에 차고 있던 30센티 길이의 검을 꺼내 바닥에 꽂으며 무릎을 꿇었다. 다른 이들도 각자의 병기를 꺼내며 마찬가지의 행동을 했다.

이서경의 얼굴이 얼음장처럼 변했다.

"뭐하자는 거지?"

"죽으라면 죽겠습니다. 다른 주군을 섬기라는 말씀만은 거두어 주십시오."

믿음직한 수하들이다. 그 마음을 모르는 바는 아니다. 하지만 어렸을 때부터 너무 중원식으로 가르쳤던 것일까? 하는 행동과 말이 도를 넘어섰다.

"일어나."

"말씀을 거두어 주십시오!"

"그런 말투 쓰지 말랬지?"

"말씀을 거두어 주시길 바랍니다!"

차가운 그녀의 얼굴에 균열이 갔다. 웃어버린 것이다.

"오해를 단단히 했네."

"……"

"다른 주군을 섬기라는 말이 아닌데."

"그럼 무슨 말씀이십니까?"

"두 주군을 섬기라고."

"두… 주군이라뇨?"

"나와, 앞으로 내 남편이 될지도 모르는 남자."

"무슨!"

"그게 어인 망발이십니까!"

설영칠객이 흥분하여 벌떡 일어섰다.

"말도 안 됩니다! 인정할 수 없습니다! 주군의 남편이라니요!"

"그렇습니다! 주군의 남편은 아무나 될 수 없습니다!"

웃고 있던 이서경의 얼굴이 다시 싸늘하게 굳었다.

"지금 너희들이 누굴 평가하는 거야?"

이서경이 화를 내자 장내에 냉기가 깔렸다.

"주군, 그게 아니라……."

"그는 강해. 너희들이 감히 넘볼 수 없을 정도로 높은 곳에 오른 사람이야. 나보다도 강하고."

믿을 수 없는 말이다. 세상에 주군보다 강한 사람이 있다니?

"불만은 나중에 하고, 지금은 그를 정중하게 맞이해. 알았어?"

설영칠객은 병기를 갈무리하고 자세를 바로 했다.

그러나 그들의 머릿속은 하나의 생각으로 가득했다.

믿을 수 없다, 자격이 되는지 두고 보겠다.

그들은 눈을 부리부리 빛내며 또 다른 주군을 기다렸다.

*　　　*　　　*

강산은 어깨에 현판을 짊어지고 문 앞에 섰다. 이 문을 들어서면 돌이킬 수 없게 된다. 어쨌거나 안에 있는 자들은 자신이 거둬야 하는 것이다.

"나쁘지 않아."

안에 있는 자들의 기도를 읽었다. 하나같이 괜찮은 수준이다. 적어도 일류는 넘어보였다.

"그러게. 조금만 지도해 주면 쓸 만하겠는데?"

곁에 있던 지겸이 거들었다. 그가 느끼기에도 상당한 기도를 지닌 자들이었다.

"석 달 정도만 굴리면 괜찮겠어."

오래 끌 필요도 없었다. 세상에 숨어 있는 무인과 천종설을 찾을 정도로 도움이 되게 만드는 데는 석 달이면 충분했다.

"녀석들, 기연을 만나는구나."

"네가 가르쳐도 마찬가지 아닐까?"

"그래봤자 네 심득에는 미치지 못하지. 아, 그러지 말고 나중에 부탁 좀 하자. 내 무공 좀 봐줘."

현재의 무공만 놓고 보자면 강산보다는 강한 지겸이다. 그러나 강산은 그보다 높은 경지의 해답을 가지고 있는 고수였고 자신은 그곳에 오르고 싶은 무인이다. 강산의 한마디는 그에게 큰 도움이 될 수 있었다.

"봐서."

강산은 문을 열고 들어갔다. 그가 들어가자 안에 있던 설영칠객의 시선이 비수처럼 날아들었다.

"이거 봐라?"

뒤따라 들어오던 지겸이 묘한 분위기를 눈치채며 재밌겠다는 표정을 지었다. 강산은 그러거나 말거나 그들 앞으로 나아갔다.

"왔어?"

"응. 이거 현판."

강산이 어깨에 짊어지고 있던 현판을 내밀었다. 이서경은 그것을 조심스럽게 받아 천을 끌렀다.

"지겸이 실력 안 죽었네?"

"늘면 늘었지, 줄을 리가 없잖아?"

"그렇긴 하지."

이서경은 현판을 설영칠객이 볼 수 있게 들었다.

"보이지?"

"보입니다."

"천기뇌가가 우리가 새롭게 활동할 이름이야. 잘 기억해 둬."

"네."

"그리고 정식으로 인사드려. 여기 강산이 너희들이 모셔야 할 주군이시다."

"설영칠객이 인사드립니다!"

일곱 명이 일제히 포권을 취하며 한 목소리로 인사를 했다. 그러면서도 그들은 강산에게서 시선을 떼지 않았다.

잡아먹을 듯이 타오르는 눈빛이다.

"너희들······."

이서경이 뭐라 하려는데 강산이 손을 들어 막았다.

"설영칠객이라··· 좋네."

"감사합니다."

"대충 이야기는 들었다. 서경이한테 직접 사사받았다며?"

꿈틀.

진서형의 이마에 핏대가 솟았다. 막상 주군의 이름을 함부로 부르는 것을 보니 마음에 들지 않았던 것이다.

"어렸을 때부터 주군의 손에 의해 키워졌습니다. 실력에는 자신 있습니다."

"그래봤자, 당시에는 서경이 실력도 별 볼 일 없었을 텐데."

설영칠객의 눈이 지옥의 겁화처럼 타올랐다.

'재밌는 녀석들이네.'

분위기를 보아하니 이서경에 대한 감정이 보통이 아닌가

보다. 앞으로 일을 하는데 있어서 불편할 테니, 서열을 확실하게 잡아줘야겠다는 생각이 들었다.

"앞으로 너희들이 할 일은 두 가지다. 첫 번째는 천종설이라는 무인을 찾는 것. 두 번째는 무공을 익힌 자를 찾는 것."

"찾기만 하면 되는 겁니까?"

"천종설은 찾기만 하면 된다. 너희들 실력으로는 손끝도 못 건드릴 테니 쓸데없는 만용은 부리지 말고."

"저희도 강합니다."

"그거야 니들 생각이고."

진서형의 손이 꿈틀거렸다. 금방이라도 등 뒤의 칼을 뽑을 기세다.

"그리고 무공을 익힌 자는 찾아서 내 앞으로 데려와라… 라고 하고는 싶은데. 그럴 실력이 될지 모르겠네."

"말씀이 심하십니다. 저희는 주군께 직접 사사받은 몸입니다."

강산이 피식 웃었다.

"이건 뭐, 깡패새끼들도 아니고. 건방지기는."

이서경의 앞이라 애써 참고 있던 진서형이 결국 화를 터트리고 말았다.

"뭐라!"

그의 손이 허리춤의 칼을 잡아갔다. 이대로 발도와 함께 녀석의 목에 칼을 들이댈 생각이다. 아무리 화가 났어도 주군의 손님이란 생각에 위협 정도만 하려 한 것이다.

하지만 진서형은 손은 손잡이의 한 치 앞에서 멈춰 설 수밖에 없었다.

"이봐."

눈앞에 있는 남자, 새로운 주군이라 말하는 그의 전신에서 항거할 수 없는 기운이 뻗어 나왔다. 그것은 빠져나올 수 없는 사신의 그물처럼, 칼을 잡으면 죽을 거라 말하고 있었다.

"할 수 있으면 해봐."

강산이 차갑게 웃었다.

"실력이 된다면 말이지."

강산은 마기를 줄기줄기 뿌렸다. 여타의 마도인과는 차원이 다른 마기다. 설영칠객이 설사 절정의 경지라 해도 버틸 수 없는 기운이다.

진서형은 두려움에 오금이 저려왔다. 칼을 쥐지도 못하고 포기하지도 못하는 어정쩡한 상황이 되었다.

'제법.'

다른 녀석들은 이미 무릎을 꿇었다. 하지만 진서형은 이를 악물고 버티고 서 있었다.

나름대로 근성은 있어보였다.

'좋아, 그 근성 시험해 주지.'

그러나 상대가 나빴다. 그렇지 않아도 과거의 스승이 생각난 참이다.

강산의 반항기와 감정을 죽인다고 목숨까지 위협할 정도로 휘몰아친 그자를 떠올리게 한 대가는 비싸다.

창!

"……!"

모두가 놀란 얼굴로 진서형을 바라보았다. 기어코 칼을 뽑은 것이다.

하지만 검을 뽑은 진서형은 오히려 놀란 얼굴이었다.

"이, 이건……!"

"호오, 지금 주군의 면전에 칼을 들이댄 건가?"

아니다. 이건 자신이 뽑은 게 아니다. 갑자기 기운이 사라지며 자신의 손이 저절로 움직여 칼을 뽑았다.

모든 건 강산이 한 일이었다.

"감히 주군 앞에 칼을 겨누다니. 그만한 각오는 되어 있겠지?"

다른 건 모르겠다. 하지만 하나만은 분명하다. 무인을 수하로 거두기 위해서는 말보다 주먹이 먼저라는 것을 말이다.

'석 달 동안 재밌겠어.'

갑작스런 결정이었지만, 이왕 결정을 했다면 빠르게 결과를 만들면 된다.

강산의 입가가 사악한 미소를 머금었다.

『완벽한 인생』 5권에 계속…

즐거운 인생

미더라 장편 소설
FUSION FANTASTIC STORY
A Bittersweet Life

삶의 의욕을 모두 잃은 주혁.
어느 날 녹이 슨 금속 상자를 얻는데…….

"분명 어제도 3월 6일이었는데?"

동전을 넣고 당기면 나온 숫자만큼 하루가 반복된다!

포기했던 배우의 꿈을 향해 다시금 시작된 발돋움.
눈앞에 펼쳐진 새로운 미래.

과연 그는 목표를 이루고
인생을 바꿀 수 있을 것인가!

Book Publishing CHUNGEORAM

유행이 아닌 자유추구 -
WWW.chungeoram.com

이모탈 퓨전 판타지 소설
FUSION FANTASTIC STORY

워리어
Warrior

최강의 병기 메카닉 솔져,
판타지 세계로 떨어지다!

서기 2051년.
세계 최초의 메카닉 솔져 이산은
새로운 세계에 발을 딛게 된다.

"나는… 변한 건가?"

차가운 기계에서 따뜻한 피가 흐르는 인간으로!
카이론의 이름으로 새롭게 시작하는
진정한 전사의 일대기!

Book Publishing CHUNGEORAM

유행이 아닌 자유추구 -
WWW.chungeoram.com

FANTASY FRONTIER SPIRIT

조각의 주인

임진운 판타지 장편 소설

Master of Fragments

『대공학자』의 임진운. 10년 만의 귀환!

평범한 일상 속에서 우연치 않은 계기로
새로운 힘을 손에 얻게 된 두 소년.

"나는… 룬아머러가 되겠다!"

신들이 남긴 최고의 선물을 둘러싼
룬아머러들의 이야기가 펼쳐진다.

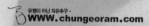

용마검전
FANTASY FRONTIER SPIRIT
김재한 판타지 장편 소설

「폭염의 용제」, 「성운을 먹는 자」의 작가 김재한!
또다시 새로운 신화를 완성하다!

『용마검전』

사악한 용마족의 왕 아테인을 쓰러뜨리고
용마전쟁을 끝낸 용사 아젤!

그러나 그 대가로 받은 것은 죽음에 이르는 저주.
아젤은 저주를 풀기 위해 기나긴 잠에 빠져든다.

그로부터 220년 후……

긴 잠에서 깨어난 아젤이 본 것은
인간과 용마족이 더불어 살아가는 새로운 세상이었다.

Book Publishing CHUNGEORAM

류통이 아닌 자유추구
WWW.chungeoram.com

한량 아버지를 뒷바라지하며
호시탐탐 가출을 꿈꾸던 궁외수.

어린 시절 이어진 인연은
그를 세상 밖으로 이끄는데……

"내가 정혼녀 하나 못 지킬 것처럼 보여?"

글자조차 모르는 까막눈이지만,
하늘이 내린 재능과 악마의 심장은
전 무림이 그를 주목하게 한다.

"이 시간 이후 당신에겐 위협 따윈 없는 거요."

무림에 무서운 놈이 나타났다!